난 참
잘했다

선생님들과 전교생이 함께 쓴
2023 우성중학교 시집

난 참
잘했다

2023년 11월 5일 제1판 제1쇄 발행

엮은이   최은숙
펴낸이   강봉구

펴낸곳   도서출판 작은숲
등록번호   제406-2013-000081호
주소   10880 경기도 파주시 신촌로 21-30 (신촌동)
전화   070-4067-8560
팩스   0505-499-8560
홈페이지   http://www.littleforestpublish.co.kr
이메일   littlef2010@daum.net

ⓒ 최은숙

ISBN 979-11-6035-148-4 43810

값은 뒤표지에 있습니다.

선생님들과 전교생이 함께 쓴
2023 우성중학교 시집

난 참
잘했다

최은숙 엮음

1부 아침마중

2부 영웅도 나이를 먹는다

3부 자전거를 타고

4부 문 앞의 아이

난 참 잘했다

최은숙 우성중학교 교사

우리 선생님, 시 쓰셨어요?

학생들에게만 시를 쓰라고 하지 말고 선생님들도 한 편씩 쓰자, 나도 쓰겠다. 학기 초에 교장 선생님이 그렇게 제안하셨다는 말을 전해 들었을 때는 그냥 하시는 말씀이라고 생각했습니다. 그런데 뜻밖에도 좋은 생각이다, 한번 해보자. 그렇게 대답하는 선생님들을 보고 놀랐고, 괴롭다, 어렵다, 하면서도 한 편 한 편 써내시는 걸 보고 더 놀랐습니다. 정말 쓰실 줄은 몰랐거든요. 그건 학생들을 사랑하는 마음이었습니다. 우성중학교 선생님들은 학생들이 숨만 쉬어도 예쁩답니다. 댄스 동아리 학생들이 점심시간에 잠깐 공연을 해도 모두 쫓아가 방탄소년단을 바라보듯 황홀하게 바라보며 소리를 질러댑니다. 무대 위에 있던 학생이 말하기를 선생님들이 모두 양손을 가슴 앞에 모아쥐고 자기들을 바라보고 계셔서 기도하시는 줄 알았답니다. 그런데 시집을 낸다니 우리도 발 벗고 나서자, 그런 응원의 마음이었을 것 같습니다. 퇴임하신 선생님들 세 분까지 모두 따뜻하고 아름다운 시를 보내주셨습니

다. 1학기 내내 학생들은 시를 들고 교무실에 드나들었고 2학기
엔 선생님들이 창작의 고통과 완성의 홀가분함을 맛보셨습니다.
시 이야기로 작은 교무실이 풍성했습니다. 선생님 중 누군가 시를
완성하시면 모여들어 같이 읽었습니다. 학생 시절 이후 처음 써
본다는 선생님들의 시는 참 좋았습니다. 시편마다 그 진정성이 마
음에 젖어왔습니다. 교실에 가면 학생들이 물었습니다. "우리 담
임 선생님, 시 쓰셨어요?" 서프라이즈를 위해 제목만 보여줬는데,
역시 선생님들 시는 제목부터 우리랑 다르다, 멋있다, 제목을 보
니 더 궁금하다, 하면서 칭찬을 아끼지 않았습니다. 학생들의 격
려를 받는 기분이 뭐라 말할 수 없이 즐거웠어요. 우리가 시 쓰기
에 동참하길 참 잘했다는 생각이 절로 들었습니다.

    해마다 학생들의 시집을 엮었지만, 올해 우성중학교의 시 쓰기
는 특별했습니다. 전교생 80여 명밖에 안 되는 작은 학교여서 모
든 학생이 시집에 참여하는 게 가능했습니다. 마침내 최종원고 파
일을 출판사에 보내고 나서 두툼한 원고 뭉치들을 보니 우리 학생
들이 이렇게까지 했구나, 새삼 뭉클했습니다. 무엇보다 좋았던 것
은, 한 사람만의 일이 아니었다는 것입니다. 제가 학생들의 시 수
업을 맡아 하는 동안 같은 국어과의 엄태숙 선생님은 충실한 영
상 수업과 토론 수업을 해주셨습니다. 단원별로 함께 할 것은 함
께, 각자 할 것은 각자, 전담이 필요하면 교차하여 수업하는 것이
얼마나 재미있고 수월한지 한 해가 공짜로 흘러가는 것 같았습니

다. 교과 특성상 시 수업은 국어 시간에 했지만, 시 쓰기의 과정은 우성중학교 구성원 모두의 따뜻한 관심과 격려 속에 진행되었습니다. 전문적 학습공동체 연수 시간에 우린 그동안 학생들이 쓴 시를 보면서 우리가 다 아는 학생 한 명 한 명의 개성을 새롭게 볼 수 있었습니다. 어떤 시는 웃음을 터뜨리게 했고, 어떤 시는 눈물이 나게 했습니다. 아, 시를 저렇게 쓰면 되겠구나. 방향도 잡을 수 있었습니다. 선생님들은 가르치고 학생들은 배우는 것이 우리의 주된 역할이지만, 이번엔 먼저 시를 쓴 학생들이 길잡이를 맡았습니다. 시를 어떻게 쓰는 거냐고 가르쳐 달라고 하시는 선생님께 1학년 학생들이 이렇게 대답했다고 합니다.

"일단, 선생님의 일상 중에서 시로 쓰고 싶은 것을 찾아보세요. 처음부터 잘 쓰려고 하지 말고 먼저 '있었던 일'을 일기처럼 자세히 써 보세요. 그런데 그건 소재예요. 소재와 주제는 달라요. 그 이야기를 통해 말하고 싶은 것이 무엇인가 생각해 보세요."

기특하고 뿌듯했습니다. 웃을 일이 많았던 시간이었습니다.

평범한 일상을 빛내는 특별한 눈

국어 교과서는 대부분 시가 실려 있습니다. 올해 말고도 시를 읽고 쓸 기회가 자주 있겠지요. 시를 쓰는 동안 우리가 중요하게 생각했던 것 중에 학생들이 꼭 기억했으면 하는 것을 몇 가지 적어 두려고 합니다. 여러분의 말대로 우성중학교 시집엔 '일상'이 담겼습니다. 무심한 사람들에겐 매일 똑같은 하루가 흘러가지만, 어떤 사람은 그 속에서 새로운 의미를 발견하고 반짝이는 것들을 찾아냅니다. 우린 그것을 '감동'이라고 부릅니다. 일상에서부터 시를 시작하지 않으면 뜬구름 잡는 관념 속에서 헤매기 쉽습니다. 행복, 슬픔, 꿈, 미래, 인생… 자신도 잘 알지 못하고 읽는 이에게도 아무 느낌을 주지 못하는 개념어를 늘어놓게 됩니다. 가벼운 말장난으로 빠질 수도 있습니다.

사람은 각자 살아가는 하루의 장면, 장면 속에 존재합니다. 시를 쓰려면 생활의 장면을 세밀하게 들여다보고 그 속에 들어 있는 사람들의 표정과 말과 행동에 대해서, 그 자리에 함께 있는 바람과 햇살에 대해서, 꽃에 대해서 기억해 내야 합니다. 그래서 시 쓰기는 다시 '자세히 살피기'로 이어집니다. 처음엔 거기 피어 있는지 알지도 못했던 꽃을 제대로 표현하기 위해선 다시 가서 보고 검색도 해보겠지요. 김춘수의 시처럼 '다만 하나의 꽃에 지나지 않았' 던 대상이 내가 부여한 특별한 의미를 지닌, 꽃 이상의 존재가 되어 남들에겐 주지 않은 문장을 나에게 선물해 줍니다.

누구나 마찬가지지만, 특히 시를 포함해 글을 쓰고자 하는 학생은 날씨, 풍경, 사물, 사람, 오늘 하루 있었던 일, 어떤 순간의 내 감정을 저금하듯 기록하는 습관을 갖길 권합니다. 가능하면 새로운 표현으로, 새로운 관점으로, 남들이 정면으로 본다면 나는 측면으로, 혹은 거꾸로, 한 걸음 더 다가가서, 일상의 장면을 만나려고 노력해야 합니다. 그런 시간을 쌓아가는 사람이 구사하는 언어는 어떨까요? 적확하고 풍부하겠지요. 그런 사람의 분위기는 어떨까요? 흉내 낼 수 없는 아우라aura가 느껴지겠지요. 껍데기만 대충 보면 일상은 평범합니다. 그러나 깊은 눈을 뜨면 일상이 감추고 있는 소중함이 보입니다. 특별한 것이 하나도 없어서 쓸 게 없다는 밀은 틀린 말이겠지요?

마음속에 좋은 주제를 심고 키워가기

학기 초 2월엔 교무실 창밖으로 겨울 햇살이 아늑하게 고인 논이 보였는데 지금은 영근 이삭이 가득하여 그림 같습니다. 소재와 주제를 자주 헷갈리는 여러분을 위해 예를 들어보면, 저에게 가을 논의 맑은 금빛은 소재입니다. 저는 가을 논이 아름답다고 말하고 싶은 게 아닙니다. 물론 아름다운 풍경은 바라보는 것만으로도 행복하지만, 그보다는 농부의 수고에 관심이 더 갑니다. 트랙터로 논을 갈아엎는 것도 보았고 모를 심는 것도 보았습니다. 그다음부터는 너무 바빠서 창으로 고개를 돌릴 틈이 없었어요. 정신없이 살다 보니 어느새 저렇게 벼가 익었습니다. 저 논이 대단해 보입니다. 우리 학교 옆의 논을 바라보는 동안 제 마음속에 고인 주제는 고된 노동을 하는 사람들에게 느끼는 고마움과 존경심입니다. 10년, 20년, 30년, 꾸준히 자기 책임을 다하는 사람들의 조용한 일상이 저는 그렇게 좋아 보입니다.

우리의 일상에서 시로 쓰고 싶은 장면을 찾고 한 장의 사진처럼, 그림처럼, 드라마처럼 잘 묘사했는데 이 시를 어떻게 끝내야 할지 늘 마무리가 어려웠지요. 그 장면을 쓰겠다고 결정했던 최초의 마음, 그게 뭔지 해석하지 못해서 그렇습니다. 어떤 대상이나 상황에 감응하는 그 지점에 자신의 주제가 있습니다. 할머니를 퉁명스럽게 대한 이야기를 쓰기로 했다면, 마음을 잘 들여다보세요. 왜 할머니의 보살핌에 짜증을 느꼈을까? 할머니에 대한 걱정일 수도 있고 미안함일 수도 있고 자신의 외로움 때문일 수도 있습니다. 내 감정을 이해하고 시를 쓰면 마무리를 어떻게 해야 할지 막막하지 않을 거예요. 여러분이 좋은 주제들을 보물처럼 키워갔으면 합니다. 사람은 자연의 일부가 아니라 자연 그 자체라서 자연을 파괴하면 우리 몸을 파괴하는 결과로 이어진다는 깨달음, 그것이 주제입니다. 가난은 힘들지만, 옳지 않은 재산의 축적은 더 힘든 삶으로 이어질 수밖에 없다는 생각도 주제입니다. 내 몸과 마음이 튼튼하면 어떤 어려움도 헤쳐 나갈 수 있다는 자신감, 그것도 주제입니다. 좋은 주제는 사소하고 세밀한 경험과 독서와 친구들과의 토론과 사색을 통해서 천천히 만들어집니다.

참 잘했다

우리 시집의 이름은 《난 참 잘했다》입니다. 듣기만 해도 기분이 밝아지는 제목이죠? 자신에게 저 말을 사주 들려줍시다. "참 잘했어." 그렇게 남을 칭찬할 때는 많아도 '와, 나 진짜 참 잘했다.' 이렇게 스스로 뿌듯할 때는 별로 없잖아요? 많게는 스무 번까지도 피드백을 당하느라 애쓴 시간에 박수 보냅니다. 우린 유명한 시인이 아니고 '잘 쓰기'를 목표로 삼지도 않았습니다. 그러나 좋은 시를 썼습니다. 좋은 시란 곁에 있는 사람들에게 공감을 주는 시입니다. 눈물 나게 하고 웃게 해주는 시입니다. 진심을 담았다고 느껴지는 시입니다. 우린 그런 시를 썼습니다. 시집이 나오면 우린 파티를 할 거예요. 시 낭송회도 하고 우성 마을 길에 여러분의 시를 새긴 나무판을 세우기로 했답니다. 공주에 학생들의 시의 거리를 만들어 보는 것은 저의 즐거운 상상이었어요. 우성중학교 학생들과 선생님들, 우성면 마을 어른들 덕택에 상상이 현실이 되었습니다. 마을이 학교이고 학교가 마을인 것, 참 멋진 일입니다.

학생들은 물론이고 정성을 다해 시를 써 주신 선생님들께 감사드립니다. 깊은 사랑의 눈으로 저희의 시를 읽어주신 오철수 선생님, 고맙습니다. 청소년을 위한 출간을 꾸준하게 이어가는 작은숲 출판사의 강봉구 대표님, 마을과 학생들을 표지에 예쁘게 담아 준 한단하 작가에게도 고마움을 전합니다.

1부

아침 마중

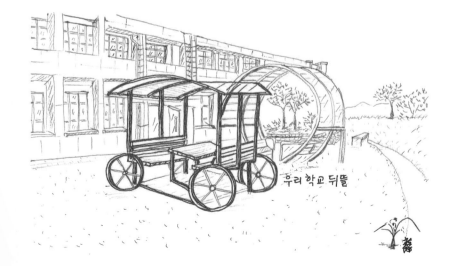

우리 학교 뒤뜰

저녁

1학년 김덕재

학교 끝나고 집에 오면 교복을 벗어놓고
일하는 복장으로 갈아입는다
형은 사료를 주러 다리 건너 축사로 가고
나는 소먹이를 주러 간다
리어카를 끌고 축사에 가면
마시멜로처럼 하얀 비닐로 감싸인 볏짚이 있다
비닐을 자르고
롤케익처럼 돌돌 말린 볏짚을
세 발 쇠스랑으로 한 층씩 뜯어
리어카에 담는다

되새김질하라고
칸마다 볏짚을 넣어주고
혼자 축구를 한다

공을 차고 다시 갖고 오고 또 차고
그동안 소들이 목사리가 잠기면
볏짚을 오물오물 씹어먹는다

엉뚱한 청양 버스 기사

1학년 임성환

정산에서 미니버스를 탔다
버스에는 할머니 한 분만 타고 계셨다
기사님이 말했다
너는 천장호 출렁다리에 빠지면 어떡할 거니?
그냥 죽어야죠
아저씨는 수영해서 나오라고 말했다

천장리에서 아줌마가 타셨다
마치리에서 아저씨가 말했다
청양 읍내에는 왜 가니? 공주에서 놀지 왜 청양까지 가서 노니?
장곡사에 갈 거예요
나는 일요일마다 혼자 관광지를 둘러본다
장곡사는 청양의 관광지니까 가는 거다

읍내에 들어올 때쯤
너 고양이 고기 먹어봤니?
아저씨가 또 물어보셨다
안 먹어봤다고 말했다
너 편식하니?

한다고 대답했지만
아저씨는 운전만 계속했다

아줌마가 읍내에서 내리자 또 말씀하셨다
정산중학교 선생님인데 왜 인사를 안 하니?
아까 어디 다니냐고 물어보셨을 때
우성중 학생이라고 대답했는데
아저씨는 시골을 다니면서 많이 심심하신 것 같다

버스에 사람이 많이 타야 할 텐데
청양 인구 감소 때문에 쉽지는 않을 것이다

외갓집

1학년 이서윤

외갓집은 호찌민 껀터에 있다
외갓집에 있을 때 반미 아니면 쌀국수를 먹었다
엄마는 한국에 있을 때와 달리 아주 잘 드셨다
혼자 놀러 가실 때는 오토바이를 타고 나가셨다
엄마는 오토바이를 잘 타셨다
베트남 말을 자유롭게 하셨다

엄마는 한국에서도 잘 지내셨다
김치찌개, 갈비찜, 볶음밥을 잘하셨고
나 안아 주라, 같이 있고 싶어
아빠한테 애교도 부리셨다

그렇지만 엄마는 한국에 계실 때
베트남을 많이 그리워했다는 걸 느꼈다

소문난 떡집

1학년 송민주

설날이라 그런가?
산성시장 안에 사람이 붐빈다
소문난 떡집, 부자 떡집은
안에도 밖에도 사람이 넘친다

엄마가 떡국떡을 받으러 가시며
먹고 싶은 떡을 골라 놓으라고 하셨다
무지개를 담은 떡
우리 아빠의 배처럼 볼록한 바람떡
폭신한 구름 위에 깨가 얹힌 방울기주
콩백설기, 두텁단자, 쑥찹살떡
어릴 때 항상 먹던 떡
무지개떡을 집어 든다

옆에서 어떤 아주머니가 통화를 하신다
아들, 꿀떡은 다 떨어졌어요
인절미 말고 또 필요한 건 없어요?
꽤 어린 아들인가 보다
저 아이도 나중에 떡집을 다시 찾을까?

그때까지 떡집이
여기 그대로 있었으면 좋겠다

우리 민주

박성미 선생님

소란스러운 교실
정리 안 되는 책상과 책가방
오늘 숙제가 뭐지
체육 몇 교시야?
어제 뭐 했어?
끊임없는 질문이 이어지는 아침 자습 시간

시끄러운 아침의 정리가 시작된다
범아, 책가방 정리해
윤호야, 보물 상자 써야 해
윤정아, 오늘 체육 1교시야
태산아, 자리에 앉아
애들아, 지금 떠드는 시간 아니야
민주의 나지막한 목소리
민주가 없으면 우리 반은 누가 챙기나

민주가 보이지 않으면
제일 먼저 궁금해하는 우리 반 아이들
민주 왜 안 와요

민주 어디 아파요
범이는 민주가 안 온다고 좋아하지만
곧 다시 물어본다
내일은 와요?

민주야 우리 반에 와줘서 정말 고마워

분필 살리기

1학년 최태산

우리 교실은 쉬는 시간을 가장 무서워한다
친구들이 드르륵을 하기 때문이다
분필을 세워 잡은 다음 칠판에 대고 내리면
고개를 숙인 곡식처럼 하나둘씩 부러진다
분필이 익었나?
나는 그렇게 생각한다

칠판에는 수많은 분필의 눈물 자국이 묻어있다
수업을 들을 때 선생님들께서 말씀하신다
분필이 왜 이러니?
우리는 토막 난 분필을 테이프로 칭칭 감아주었다

분필이 새로 들어온 날
선생님 책상 연필꽂이 뒤에 새 분필을 숨겨놓았다
이제 분필은 안전하다

아파트

1학년 김무비

가끔 기차 소리가 들리던 아파트
철로가 보이던 놀이터
내가 떨어뜨린 로봇 장난감을
자동차가 밟고 간 아파트
부서진 장난감을 들고 울었던 아파트
할아버지랑 할머니랑 살았던 아파트

1학년이 끝나고 엄마와 아빠가 데리러 왔다
난 차에서 잠을 잤다
일어나고 나니 인천이 아니라 정읍이었고
새로운 집이었다

할아버지가 돌아가시고 할머니도 떠난 아파트
할머니를 뵈러 인천에 갈 때
그곳 앞을 지나간다

내가 오빠라도 그럴 것 같다

1학년 이보람

오빠가 라면을 먹고 있다
어떻게 하면 저 라면 뺏어 먹을 수 있을까
물 먹으러 갈 때 몰래 먹을까
그냥 한 입만 달라고 해 봐?
치즈를 주면서?
왜 라면은 뺏어 먹는 게 더 맛있을까

오빠한테 다가간다
오빠는 소리친다
니가 끓여 먹어!
라면 흡입 속도가 빨라진다
눈치 게임이 끝났다
설마 했는데 마지막 한 젓가락도 먹어버렸다
정말 치사하다
그 라면 한 입,
동생한테 주기가 그렇게 아까운가?

비행기를 타고

1학년 이선복

사람들은 비행기, 기차, 배를 타고 가야 여행이라고 하지만
나는 부모님과 행복하게 웃으며 돌아다니는 것을 여행이라고
생각한다

하지만 나도 기차, 배를 타 봤다
기차로 간 곳은 서울이었다

기차 안에서 계란과 사이다를 사서 맛있게 먹었다
배를 타고 간 곳은 보령에 있는 한 섬마을인 고대도였다
여객선을 타고 섬, 섬, 섬을 지나면 고대도가 나왔다

이제 남은 건 부모님과 비행기를 타는 것이다
비행기를 타고 제주도에 가고 싶다

어른들을 이해하기는 힘들다

1학년 백기룡

주짓수 학원을 마치면 741번 버스는
생명과학고, 연미산, 도천리, 상서리를 지나 우리 동네로 간다

7시 30분, 보흥리 주사기 공장 사람들이 퇴근할 시간이다
공장 앞 농로 사거리에 차들이 꽉 찼다
버스 기사님이 비켜달라고 크락션을 울렸다
공장 사람들은 퇴근이 먼저였기에 절대 비켜주지 않았다
에이 시X.
기사님은 욕을 하며 베스트 드라이버처럼 역주행으로 달렸다
나는 무서워서 손잡이를 꽉 잡고 있었다

집에 도착하자마자 쭉 뻗었다
부모님께 다 일렀다
버스 기사님도 돈 벌고 시간에 맞춰서 가야 하고
주사기 공장 사람들도 똑같이 돈을 벌고 피곤하니
비켜주지 않은 거라 하셨다

이해가 가는 거 같으면서
이해가 안 가는 어른들의 말, 어렵다

아침 마중

이경희 선생님

아침 햇살이 따갑다
아이들을 맞이하러 가는 길
살짝 꾀가 나서 발걸음이 무겁다

학교 옆 고추밭에 고추가 붉게 익어가고
잠자리가 평화롭게 난다
누나와 정겹게 이야기하며 주한이가 걸어온다
어쩜 이런 사이좋은 남매가 있을까?

저기 앞에서 발걸음이 가벼운 우진이가 온다
아침 먹었니?
"네"
굵직한 목소리가 믿음직스럽다

교문 밖 가겟집 앞에서
무비가 차에서 내린다
뒤로 돌아 엄마 차가 안 보일 때까지 손을 흔든다
무비는 아직 사춘기가 안 왔나 보다

승용차 한 대가 창문을 열고 들어온다
환한 미소로 은숙샘이 눈인사를 하신다
아, 따뜻하다

통학 차량이 연이어 세 대가 왔다
졸린 눈을 비비며 쏟아져 내려오는 아이들
좋은 아침!
"안녕하세요"
새들의 합창 같다

아침 마중의 좋은 기운
아이들을 따라 교실로 가는 발걸음이 가볍다

사촌 동생이랑

1학년 이효정

사촌 동생이랑 묵방길 외할머니 집에 갔다
점심때 할머니가 밥상을 차려놓았다
나는 배가 안 고파서 가만히 있었다
할머니가 사촌 동생한테
"어쩜 효정이보다 잘 먹을까?"
비교당한 것 같아서 기분이 나빴다
방에 가서 문을 세게 닫았다 (쾅)
침대에 가서 이불 덮고 울었다
사촌 동생이 톡을 보냈다
야
야
야
이렇게 도배를 하고
"문 열어" 그랬다
슬퍼, 죽고 싶어, 난 왜 살까?
나도 그랬어, 나도 비교당한 적 있었어
너가?
응
아… 그렇구나! 우리 힘내자

내가 문을 열어줘서 사촌 동생이 들어왔다
우린 안아줬다
우리가 서로 안아 준 건 처음이었다

하루를 돌아보는 시

1학년 이윤호

오늘도 평소와 똑같이
집에 가서 손과 발을 씻고 부엌에 간다
쌀, 잡곡을 넣고 손등까지 밥물을 맞춘다
누나들이 학교에서 집으로 온다
누나들이 씻고 반찬과 국을 하러 들어간다
된장국과 김치찌개와 콩나물을 무치다 보면 엄마와 아빠가 온다
누나들이랑 나랑 상을 차려서 함께 밥을 먹는다
만약 누나들이 나가서 자취하게 되면
내가 국과 반찬을 하게 되겠지
상에 밥을 차려 먹는 우리 가족은 소중하다

거룩한 일상

최은숙 선생님

젖은 빨래를 반듯이 펴서
차곡차곡 포갰다 널면
다림질 안 해도 새 옷처럼 반듯하지
양말도 대충 걸지 말고 짝 맞춰 나란히

사소한 일을 정성껏

흙 씻어 낸 호미를 헛간 벽에 걸 때
할머니는 호미 자루에서 손을 떼지 않으시지
휙휙 집어 던지지 않으시지
개켜 놓은 이불 위에 베개를 올릴 때도
수저를 식탁에 놓을 때도
설거지한 그릇을 포갤 때도

호미와 벽은 평화롭고
가만히 이불 위에 내려앉는 베개는 포근하고
나란히 걸린 양말은 사뿐사뿐 하늘을 걷지
수저도 그릇도 주인처럼 정갈하고 고요하지

서두르지 말고 천천히

그런 어느 날 우린
햇볕을 품고 바람에 나부끼는 시간을 알게 되겠지
젖은 마음일 때도 천천히 주름을 펴는 법을 알게 되겠지
나를 함부로 동댕이치지 않고 살게 되겠지

나만 모르는 큰오빠

1학년 이예주

잠을 자다 눈을 떠보니 밤 10시였다
아빠는 거실에서 TV 보고, 엄마는 주무시고
작은오빠는 핸드폰 하느라 바빴다

배는 고프고 감자칩만 먹고 자려는데
큰오빠가 갑자기 화를 냈다
과자를 먹지 말고 밥을 먹어

먹을 반찬도 없고
밥 먹으면 설거짓거리도 생기고
하필 큰 오빠가 설거지하는 날이라
너무 미안해서 그랬는데

큰오빠는 말없이 후라이팬을 들어
계란 후라이를 해주었다
비록 식용유를 덜 뿌려 망했지만
나에게 처음 차려준 밥이었다
친구는 그 정도면 내 오빠보단 좋은 오빠라 그러고
선생님께선 다정하다고 하셨다

스릴 넘치는 축구

1학년 이담

친구들과 공주중에서 축구를 했다
 난 상대 수비 쪽으로 올라와 우리 팀이 패스해 준 공으로 골을
넣었다
 근데 수비가 뚫려 골을 먹혔고
 몸싸움을 하다 다리를 접질려 수비를 하게 되었다

현재 스코어 1:1
 상대가 공을 몰고 오는 걸 걷어냈다
 공격수가 공을 받고 드리블을 하여 수비를 제치고 골을 넣었다

다시 경기가 시작되고 상대가 볼을 찼다
 키퍼가 선방했지만, 공이 튕겨 나와 골을 먹혔다
 스코어 2:2

상대가 공을 몰고 오길래 압박했더니
 지가 내 발 깠으면서 파울이라 우겼다
 한 대 때리고 싶었는데 참았다
 5:4 우리가 일 점 차로 이겼다

시계의 심장

1학년 현정우

11시, 양치했고 이불 폈고 베개까지
잘 준비 끝
불을 끄고 누우면
시계 소리
집중해야 들리는 심장같이
조용히 나는 소리
밤에 만나는 소리
시계도 심장이 있는 것 같다

아이와 나

1학년 이정우

우리 아파트에는 이상한 아이가 있다
학원이 끝나고 집에 가는 길에
그 아이는 휙! 하고 나를 놀래키고 도망갔다
어디서 본 얼굴이었다
곰곰이 생각해 보니 놀이터에서 만난 적이 있었다
놀란 가슴을 가라앉히고 몰래 따라갔다
아이가 갑자기 뒤를 확 돌아보았다
나는 재빠르게 숨었다
그리고 빠르게 가서 휙! 하고 아이를 놀래켰다
아이는 놀라 뒤로 자빠졌다
쌤통이라 생각하고 도망쳤다
그 아이의 달리기 속도는 상상 이상이었다
나는 결국 잡히고 말았다
그 아이와 나는 살며시 눈을 마주 봤다
그러나 막상 할 말이 없어서 아무 말도 못 했다
피식 헛웃음만 나왔다
그 후 우리는 만나면 서로 놀래키려고 쟁탈전을 벌인다
그뿐이다 우리는 그런 사이다

수련회에서

1학년 김범

기다리던 축구 시간이 왔다
점심 먹고 풋살장으로 달려갔다
나랑 덕재가 먼저 도착했다
형과 친구들 누나들까지
하나둘 모이기 시작한다
팀을 나눴다
나는 골키퍼를 맡았다
경기를 시작하자마자
담이가 2골 3골 4골 5골을 넣어버린다
덕재도 수비를 엄청 잘 하고
물론 나도 30번 넘게 막았다
기연이 형도 수비를 엄청 잘했다

민준이도 골을 넣고 나도 골을 넣었다
담이가 한 골을 넣을 때마다
누나들이 환호했다
한번 실수하면 우리 팀보다
누나들한테 눈치가 보였다
정말 완벽한 수련회였다

에델바이스

박혜경 선생님

예술음악 시간
칼림바를 선택한 아이들이
하나, 둘 음악실로 들어온다
아이들을 맞이하는 오늘의 음악은
히든싱어 신해철 편의 '그대에게'

빠라바빠라바밤빠 빠라빠라밤
빠라바밤빠람 빠라빠라바밤
쉬는 시간에 머리칼이 젖도록 놀아제끼고
수업 시간에 일단 쉬는 범이
늘 뒷자리에 앉는 범이가
늦게 들어와서 하나 남은 가운데 자리
화면 바로 앞에 앉는다

내친김에 88 대학가요제 실황
무한궤도의 '그대에게'를 튼다

선생님?
갑자기 범이의 목소리가 끼어든다

화면을 볼 수밖에 없었던 거다
신해철 살아있어요?
범이야 잠깐. 음악 먼저 듣고.
선생님?
몇 년 도에 나온 노래예요?
선생님? 선생님?
범이는 노래가 끝날 때까지 기다릴 수 없다
내가 사랑했던 신해철이 범이를 북돋운다

활기에 가득 찬 범이가 오늘은 칼림바에 몰입한다
아이들과 나와 무한궤도의 어깨 위로 흐르는
칼림바의 에델바이스 이중주
에델바이스의 꽃말은 희망
지금 내 가슴에 가득 차오르는 이것이
에델바이스의 꽃말이다

좋은 오빠

1학년 이주한

내가 아침으로 우유를 꺼내고 코코볼을 말아먹고 있을 때
동생이 와서 똑같이 말아 먹으려고 했다
동생은 코코볼을 찔끔찔끔 덜었다
신경 쓰이기도 하고 답답했다
그럴 거면 확 덜어
내 맘이야!
동생은 버럭 소리를 질렀다
솔직히 여기까지는 내 잘못도 있다

근데 동생이 엄청 적게 남은 우유를 냉장고에 넣었다
야 그렇게 조금 남기고 넣으면 어떡해!
동생도 버럭 소리 질렀다
학교 갔다 와서 다 먹을 거야!
어이가 없어서 차마 입을 열지 못했다
냉장고를 쓸데없이 채우면 전기세가 더 나올 텐데

오늘 아침에 일어난 일이어서
동생이 우유를 다 먹을지는 아무도 모른다

무서운 거 못 타는 사람들에게

오월드에 갔다
사촌 동생들이 자이언트 드롭을 타자고 했다
줄을 서고 있는 사람들 중엔
안 무서워하는 사람도 있고
무섭다고 하는 사람도 있었다
타기도 전에 온 몸이 떨렸다
올라갈 때마다 심장이 철렁철렁했다
피가 머리 쪽으로 쏠리는 것 같았다
숨을 못 쉴 것 같았다
내려왔을 때도 다리가 떨렸다
역시 자이언트 드롭은 높고 무섭다
무서운 것 못 타는 사람들은 타지마
타고난 후 후회한다

내 목표

1학년 김윤정

체육 시간이 되면
팔을 늘어뜨리고 엎드려 자던 애들도 일어난다

빅발리볼을 한창 하고 있을 때
무비가 실수로 공을 놓치면
아~ 뭐해~
야유가 터져 나오고
범이가 스파이크를 하면
잘한다! 나이스!
박수가 터져 나온다

2, 3학년 선배들처럼 많이 연습해서
반에서 가장 뛰어나게 잘하고 싶다

위험한 세상

1학년 김미정

투둑투둑, 비가 왔다
새까만 자동차가 내 앞에서 멈춰 섰다
자동차의 창문이 내려간다
검정 모자를 푹 눌러쓴 아저씨가 보였다

꼬마야 왜 이 늦은 밤에 돌아다니니?
아저씨가 집에 데려다줄까?
아니요 괜찮아요
최대한 빠른 걸음으로 걸었다
뒤에서 들려오는 바퀴 소리
따라오는 것 같았다

그 순간, 미정아!
나를 부르는 소리
빨간 우산에 검은 머리, 검은 옷
바로 우리 엄마였다
나를 따라오던 검은 자동차는 어느새 사라졌다
만약 또 이런 상황이 생긴다면,
단호하게 싫다는 표현을 남기고
112에 신고를 꼭 해야겠다

베프의 전학

1학년 김난희

친구가 갑자기 학교에 나오지 않았다
걱정이 돼서 집에 찾아가 벨을 눌렀다
그러자 친구 동생이 나왔다
친구가 걱정이 되어 보러왔다고 하자 들어오라고 했다
친구가 한쪽에서 움직이지도 않고 있었다
왜 그러냐고 물어봤는데 아무런 말도 하지 않았다
많이 걱정되었다
계속 말을 걸다가 오늘은 집에 갔다

다음날 학교를 갔다
친구가 전학을 간다고 한다
그래서 집에 돌아와 엄청 울었다
그때부터 매일 선물을 들고 친구 집에 찾아갔다
어느 날 그때도 과자 선물을 주러 친구 집에 갔다
그날도 문을 안 열어 주었다
엄청난 배신감이 몰려왔다
하지만 내 친구다
항상 그리워하고
시를 쓰는 이 순간에도 그립다

길

김대석 선생님

어릴 때 지능검사 결과가 높게 나와
부모님은 내가 천재인 줄 아셨다
거꾸로 읽는 세계사, 빼빼용, 조선왕조 오백 년
책을 사다 방에 쌓아주셨고
일곱 살에는 천자문을 떼게 하셨다
부모님이 모르셨던 한 가지는
아들의 선천적인 낙천성과 게으름이었다
축구 선수일 때 나는 드리블을 하지 않고
장거리 패스를 하여 코치님의 미움을 샀다

부모님이 새벽밥을 드시고 먼저 출근하시고 나면
혼자 아침을 챙겨 먹고 삼십 분을 걸어 중학교에 갔다
늦잠을 자서 시간이 늦으면
두려움에 지각보다 결석을 택했다
학교에선 그럴 거면 차라리 자퇴하라고 했고
아버지는 믿었던 아들에게 배신감과 절망을 느끼셨다
글러 먹었다 기술이나 배워서 먹고살아라
선생님도 인문계 원서를 써주지 않으셨다

그러나 나는 공부를 하고 싶은 아이였다
책 읽기를 좋아했고
게을렀지만, 불량 학생은 아니었다
학교에 오기는 힘들었어도 학교에 들어오면
그때부턴 친구들과 수업이 좋았다
인문계로 간 친구들과 떨어져
버스로 한 시간 걸리는 공업고등학교에 다니면서
친구에게 방정식을 배우고 함수를 배웠다

먼 길을 돌아 나는 지금 특수교사가 되어있다
대학 입학도 취업도 모두 또래보다 늦었다
멀리 돌아가는 길은 쉽지 않았다
그러나 가야 할 길이 있다면 힘이 들어도 걸어야 한다
그 길을 걷지 않으면 다다를 수 없기 때문이다
학교에 오기 힘들어하는 너를 이해한다
네 겉모습만 보지 않아야 한다는 걸 안다
너에게도 공정한 기회가 주어져야 한다고 생각한다

목적지가 있는 방황은 언젠가는 아름답게 끝날 것이다
그러니 가야 할 곳이 있다는 것을 잊지 말기를
또래와 발걸음을 맞춰 평범한 속도로 걷는 지금이 아름답고
소중하다는 것을 꼭 기억하기를

영웅도
나이를 먹는다

제믄천 풍경

난 참 잘했다

최연희 선생님

항상 밝았으면 좋겠다
나를 찾아주는 아이들이
아파도 툭 털고 일어났으면 좋겠고
울고 나서 씩 웃으며
이젠 괜찮아요, 했으면 좋겠다

따뜻했으면 좋겠다
마음이 바빠 발을 헛디디고 말이 꼬여도
괜찮아요. 샘 마음 알아요
한마디에 다시 힘이 나서
아이들에게 곁을 내줄 수 있는
내가 햇빛이었으면 좋겠다

살이 안 빠져요
키가 안 커요
혈압이 너무 높아요
다리 아퍼요
목말라요
배고파요
졸려요

온갖 검사기구를 하나둘씩 차지하고
모자란 의자에 옹기종기 끼어 앉아
자기들을 봐 달라고 재잘대는
참새들의 방앗간

학교 옆 논 사잇길에 빨갛게 익은 산딸기
한 움큼씩 따서 서로의 입에 넣어주는 점심시간
애들아, 비 오는 날의 걷기는 영화 같구나
선생님들의 응원을 받으며
오이밭 사이를 뛰어가는
노랑, 연두, 빨강, 파랑 우산들

올여름도 학교의 매실나무는 초록 매실을 가득 매달아
배 아프고 머리 아프고 손가락도 아픈 우리가
일 년 내내 마실 매실 효소를
모여 앉아 정성껏 담게 해줬지
이제 가을이 다가오니 학교 앞마당에 가득 핀 꽃들이
복도에 꽃길을 내주겠지

눈만 마주쳐도 웃음이 배시시 나오는 울타리 안에서
어제도 오늘도 분명히 내일도
나는 얼음 가득 넣은 매실차를 타면서
내가 숨 쉬고 기쁨을 누리는 곳이

바로 여기구나 싶을 것이다

난 참 잘했다
보건샘이 되기를

반 대항 빅발리볼

1세트 시작!
서브를 넣자마자
우리 반은 자리를 지키지 않고
뿔뿔이 흩어졌다

다른 애들 자리에 날아오는 공은
달려가서 치면서
정작 자기 자리에 오는 공은 치지 않았다
자꾸 그렇게 하니까 구멍이 생기고
구멍으로 공이 날아오면
아무도 치지 않고
떨어지는 공을 보고만 있다가 졌다

허무함을 느낄 틈도 없이
2세트가 시작되었다
윤호가 활약하고 모두 정신 차려서
2세트는 이겼지만
3세트는 2반에게 또 졌다
이번에는 협동심이 부족해서

구멍이 생기고 말았지만
다음에는 그 구멍을 메우고 보강하여
이기고 싶다!

탕후루에 대한 진심

1학년 조희진

유튜브 shorts를 보고 탕후루를 만들기로 했다
종이컵에 설탕과 물을 넣고 전자레인지에 20초씩 4번
컵을 꺼내는데 바닥에 구멍이 뚫려 설탕물이 또르륵 흘렀다
당황한 나는 컵을 뒤집었다
뜨거운 설탕물이 쏟아졌다
동생이 물과 얼음을 받아줘서 손가락을 담그고
엄마가 전화를 받고 달려오셨다
엄마 차를 타고 내과로 갔다가
삼촌 차로 갈아타고 다시 대전 화 병원에 갔다
의사 선생님이 살을 뜯어내고 긴물을 뺐다
설탕물엔 데었을 땐 얼음물보단 흐르는 물이 좋다고 했다
5인실에 입원을 했다
옆 침대에 중3 언니도 탕후루를 만들다 화상을 입었다
언니와 친해져서 루미큐브를 했다
퇴원하고 한 달 뒤 어저께 탕후루를 만들었다
이번엔 종이컵을 두 개 겹치고 조심했다
샤인머스캣 탕후루는 맛있었다
엄마에게도 한 입 주었다
엄마는 만들지 말고 사 먹으라고 두 번이나 말씀하셨다

방송실에서

1학년 김가연

삐- 하고 울려 퍼지는 방송안내음
내 심장은 갓 잡은 물고기처럼 파닥거린다

돌처럼 굳은 입이 떨어지지 않는다
방송할 때면 나는
입에 꿀을 한가득 문 것 같기도,
눈앞에 어마무시한 거인이 있는 것 같기도 하다

그래도 내 마음에 똑똑, 노크한다
탁! 어둠 속 불빛처럼 숨이 트인다
이제 우사인 볼트처럼 빠르게 눈을 회까닥 움직인다
후하! 달리기 시합 전의 선수처럼 호흡을 가다듬는다

요즘에 절 막 대하는 친구가 있어서 속상합니다. 그 친구는 예
를 들면, 자꾸만 기분 나쁘게 툭툭 친다거나, 제 말을 일부러 무시
합니다. 예전에는 이런 친구가 아니었는데 어쩌면 좋을까요? 라고
사연 보내주셨네요. 조언을 조금 드려보자면, 친구분께 자신의 마
음을 숨기지 말고 표현하시면 어떨까 하네요. 그럼에도 도저히 해
결되지 않는다면 다른 좋은 친구분을 찾아보시길 바라겠습니다.

이상입니다.

부풀어 오른 배짱으로 힘차게 마이크 전원을 끈다
마치 수술실같이 마이크 불이 꺼지며
내 심장 박동은 원래대로 돌아온다

그런 사람

1학년 차민준

난 항상 체육 시간과 토요방과후 시간이 기다려진다
체육 선생님이 너무 재미있으시기 때문이다
체육관에 들어가면 초록색 표정으로
반갑게 맞아주신다
애들이 룰을 안 지키면
빨간색을 띠고 마동석 같은 포스로 혼내신다
체육쌤한테 혼나면 진심으로 반성하게 된다
전체가 하는 토방 땐
초록색과 주황색 표정이 되신다
저학년과 고학년의 대우가 다르지 않다
나이와 상관없이 그게 누구든 간에
다 공정하게 혼내신다
가끔씩 나이가 어리단 이유로
약하게 혼내는 사람이 있는데
체육 선생님은 그렇지 않다

나도 체육 선생님 같은 사람이 되고 싶다
요즘 유행을 알아서 재밌고
실수하면 가볍게 넘기지 않고

엄하게 혼내는 사람
상황에 맞게 어쩔 땐 선하면서 재밌고
어쩔 땐 무서운 사람
난 그런 사람이 되고 싶다

전학 온 첫 그날

2학년 유채정

오늘은 우성중학교로 가는 날이다
웬일로 아침 일찍 일어났다
마음이 설레서 그런가
곧바로 화장실로 향했다
룰루랄라 콧노래를 부르며 샤워했다
색조 화장을 하고 학교로 출발했다

전학 오기 전 교장 선생님이
왜 전학을 오기로 한 건지 물어보셨다
난 너무 힘들었던 상황들을 다 말씀드렸다
안 울려고 했는데 얘기를 하면 할수록 시려웠다
교장 선생님 앞에서 눈물을 보였다
교장 선생님은 내 마음을 알아주셨는지
세 가지 다짐을 받고 우성중에 오게 해주셨다
첫째, 지각 결석하지 않기
둘째, 사고 치지 않기 사고 치면 바로 짤린다
셋째, 공부 열심히 하기
벌써 학교가 눈앞에 보였다
터벅터벅 한 걸음씩 나아갈 때마다

심장은 터질 듯 쿵쿵 뛰기 시작했다
반 배정을 기다렸다
마음속으로 2반, 2반, 2반, 2반 돼라!
간절히 외쳤다
왜? 2반에 내 친구 서연이가 있었기에

곽아름 담임 선생님께서
나를 2반 앞으로 데려가 주셨다
교실에 들어가기 10초 전
가슴이 터질 것 같다
아이들이 신기하게 쳐다보았다
자기소개를 해야 하는데
손과 발은 움직이지 않고
입도 딱 붙어 안 떨어졌다
서연이가 있고
친구들이 먼저 다가와 줬다
행복이 시작된 날이었다!

같이

2학년 박소담

갑자기 비가 온다
밤처럼 어둑어둑하고
하늘이 쏟아지듯

빗소리는 타닥타닥 삼겹살을 굽는 것 같다
거친 바람에 끌려다니는 나뭇가지들
뿌연 눈앞

띵동, 우산이 없으면 빌려 가라는 방송
그냥 뛰어가기로 했다
발 빠른 동식이는 벌써 멀리 가 있다
지금이라도 우산 가져올까
그냥 뛰자
나랑 다은이도 빗속으로 뛰어든다

바닥에서 튀는 빗물
살이 따갑다
이상하다
싫기만 했던 비가 상쾌하다

드라마 같은 순간
가방과 옷이 모두 젖고 찝찝한데

그냥 기분이 좋다
싫어하는 것을 같이 해서 좋다니

김다은

나의 친구는 선인장 가시처럼 예민하다

자기가 먼저 처다봤으면서
내가 보면 뭐! 뭐! 하며 턱을 든다

너 안 예쁘다니까? 하면
어쩔TV, 라고 한다

내 발을 꽉 밟고
손가락 두 개를 붙여 앞으로 날리며
쏘리, 라고 한다

내가 자기 이야기만 하면
알아~ 나 예쁜 거
예쁜 척을 한다
자기가 장미 가시야 뭐야

나는 나

2학년 김다은

가만히 있는 시간
아무 생각 안 하고 흘러가는 시간
수업 중에도 멍
숙제가 있어도 멍
혼날 것을 알면서도
멍때리며 생각을 비운다
한 시간, 두 시간이 금방 지나간다
누가 옆에 있어도
내가 뭘 하고 있는지
신경 쓰지 않는다
이 시간이 좋다
백두산이 터져도,
김정은이 악수하자고 해도
내가 죽어도
나는 끝까지 멍을 때릴 거야

평범한 사람

박성미 선생님

난 일상의 변화를 좋아하지 않는다
상처받는 것도 두렵고
다른 사람의 시선도 부담스럽다

새로운 일을 시작하려면 걱정이 태산이다
몇 날 며칠 고민을 하다 결국 컨디션만 최악이 되고
시작도 못 한 채 에너지는 고갈된다

평범한 것이 제일이라고 생각하며
조용히 나에게 주어진 반복되는 일을 한다

평범한 날이 좋고
평범한 행동이 좋고
평범한 기분이 좋다

가끔 새로운 것을 해볼까 하는 호기심이 들지만
곧 나는 보통의 날로 돌아와
호기심을 지운 채 일상을 보낸다
역시 나에겐 평범함이 주는 편안함이 맞지

그래도 가끔은 나만의 꿈을 꾼다
무엇이든 고민 없이 일을 해내는 추진력을
남의 눈치 보지 않고 앞으로 나아가는 당당함을
평범함을 고민하지 않는 유쾌한 나를

역할 체인지

2학년 오세현

오늘 저녁도 엄마에게 묻는다.
무슨 간식 드실래용?
TV 보던 엄마가 대답해 준다
오늘은 참외~
엄마의 답을 듣곤 주방으로 간다
믹서기로 딸기도 갈고
참외도 열심히 깎는다
매일 밤 9시는 엄마 간식 만드는 시간
3년 전 엄마가 아프기 전까지만 해도
엄마가 깎아주던 과일을 이젠 내가 깎는다

엄마

노영란 선생님

수요일 오후가 되면
어김없이 엄마한테 카톡이 온다
퇴근길에 잠시 들를래?

식탁 위에 놓여있는 반찬 그릇과 봉지들
빠알간 제육볶음과 돼지고기 간장 볶음
뻘건 육개장과 허연 소고기뭇국
내가 좋아하는 깻잎찜은 오늘도 있다

두 개씩 놓여있는 반찬들을 보고 있자니
괜히 화가 난다
쉬는 수요일 그냥 적당히 할 것이지
매번 이렇게 같은 재료로 두 개씩 반찬을 한다

속상해하는 나의 눈치를 알아챘는지
엄마는 나를 힐끔 보며 말한다
너는 얼큰한 걸 좋아하는데 애들은 못 먹잖아

딸한테 맞추면 손주들이 걸리고

손주한테 맞추면 딸이 걸리니
매번 이렇게 두 개씩 반찬을 하는 거다

엄마! 쉬는 날엔 그냥 쉬어요. 이렇게 하지 마! 진짜 나 속상해
알았어, 알았어. 이번까지만 이렇게 할 거야. 다음엔 안 할 거야

그다음 수요일이 되면 또 카톡이 온다
퇴근길에 들를래?
딸내미 어린이집 보내고
다시 학교에 온 후 시작됐으니
지금 4년째 무한반복 중이다

돌아오는 차 안에서 생각해 본다
나는 내 딸을 위해 이렇게 할 수 있을까?
눈물이 핑 돈다

엄마의 방

2학년 오현주

이사를 왔는데 방 하나가 줄었다
엄마는 가장 큰 방을 갖게 되셨다
늙은 컴퓨터와 바퀴 의자가 엄마를 따라갔다
의자가 자꾸 빠트리는 바퀴를 챙겨 들고
컴퓨터는 느릿느릿 걸어간다
엄마가 쓰던 큰 침대는 내게로 왔다

엄마가 처음 갖는 혼자만의 방은
문이 없다
노크 없이 들어가고
아무나 들어간다
엄마는 이제 아침마다
눈이 부시는 거실
소파에서 눈을 뜰 거다

방문 너머로 들리던
싸우는 소리, 언제부턴가
집에 잘 안 오던 아빠는
이사한 집의 비밀번호를 모르신다

전엔 몰랐다
엄마는 항상 밝게 웃으셨으니까
조용하셨으니까

엄마는 왜 그러시는 거예요?
저희의 방엔
엄마의 행복만 있어야 하는 거예요?

동갑내기 과외하기

2학년 김대진

일요일 둔치 공원에서 용재를 만났다
효재에게 자전거를 알려주기로 했다

효재가 초등학교 동창회에 갔는데
자기 빼고 다 자전거를 탈 줄 안다고 했다
자존심이 상한 효재가 나랑 용재한테 가르쳐 달라고 했다
넘어지려고 하면 페달을 밟아!
효재가 페달을 구르자 1초 만에 넘어졌다
나와 용재의 얼굴이 썩어 들어갔다
넘어지고 서고 넘어지고 서고

30°C가 넘는 더위 속에서 30분이 흘러갔다
땀이 주르륵주르륵 흘렀다
아잇, 그냥 하지 마!
효재가 소리쳤다
가르쳐주는 게 참 어려운 것 같다

자전거

2학년 이효재

대진이와 용재에게 자전거를 배우기로 한 날이다
둘이 약속이라도 하듯 사이좋게 지각한다
애들을 기다리며 처음부터 잘 타는 상상을 하지만
자전거를 끌고 다니는 것부터 이미 힘들다
페달이 자꾸 종아리에 부딪힌다

페달을 밟는 순간 중심을 잡지 못해
넘어질 뻔한 걸 겨우 발을 디뎌 중심을 잡는다
죽더라도 페달을 밟아!
대진이와 용재가 소리치지만
그럴 용기는 없다

하지만 갓난아기도 넘어지면 일어나는 것처럼
넘어져도 일어서고 다시 넘어져도 또 일어났다

도전이란 것은 매우 힘들고 어려운 것이었다

이거 가져라

오빠가 노래를 부르며 방문을 박차고 들어왔다
아 시끄러, 왜 들어왔는데
어쩔
빨리 나가
이거 가져라

또 무슨 수작인지
오빠는 의기양양한 표정으로
이불 위에 무언가를 툭 던졌다
춘식이 키링이었다

넌 얼굴이 안되는데 이건 왜 이렇게 귀엽냐?
오빠는 또 다시 노래를 흥얼거리며 나갔다
평소 선물 한번 안 주던 오빠가 미쳤나 보다
나도 오빠에게 사소한 뭘 준 적이 없는 것 같다
다이소에 가야겠다

지각한 이유

2학년 안현준

7시 30분, 시간이 없다
급하게 목욕하고 옷 갈아입고 집을 나선다
차에 타서 학교를 가려는데
아, 휴대폰!
휴대폰을 들고 와선
아, 지갑!
지갑을 들고 와선
아, 숙제!
엄마가 답답한 눈으로 보셨다
결국엔 넌 왜 그러냐며 크게 혼이 났다

순간

2학년 박소담

휘익 탕, 강렬한 소리가 울린다
신발 바닥이 체육관 바닥과 부딪힌다
우와아, 내 심장을 뛰게 하는 환호
온몸이 근질거린다

배드민턴화를 신고 코트에 나가는 순간
다른 세상이 펼쳐진다
정타를 맞는 순간
딱 느낌이 온다
몸에 있는 모든 힘이 집중된다
빨갛게 달아오른 얼굴
시원한 마음

사람은 왜 사는 걸까
학교를 탈출할 방법은 없을까
체육하고 나서 남자애들 땀 냄새를 없앨 순 없을까

배드민턴을 칠 때는 잊는다
모두 잊는다

오늘도 제민천

정용하 선생님

2023년 3월 26일
1만 보 걷기를 시작한 날
매일매일 걸을 수 있을까?

이틀, 사흘, 나흘
제민천 산책로 여기저기
봄까치꽃, 붓꽃, 괭이밥, 금계국
느릿느릿 다정하게 걸어가는 노부부의 아름다움
같은 시간, 같은 장소의 낯선 만남이 정다워지고

잠깐 달려 볼까?
생각했는데 어느새 호흡이 빨라지며
이마를 지나 눈가를 타고 흐르는 땀
내 몸은 제민천 산책로를 달려가고 있었다

어느 날 눈에 띤
공주 백제마라톤 현수막
주저 없이 클릭해 버린 하프마라톤 코스 참가 버튼
후회하면서도 달린다

주말의 평화로운 제민천, 금강 둔치까지

잘 때를 놓쳐 잠이 부족한 날
회식으로 과음한 다음 날
피곤함에 지쳐 일어나기 싫은 날
장맛비가 오는 날
오늘은 쉬어 볼까
달콤한 속삭임도 있지만
땀의 건강함이 그리워

고민이 많은 오늘도
새벽녘 상쾌한 공기를 마시며 달려간다

닮은꼴

갑자기 방문이 쾅 열린다
동생이 들어오더니 나 좀 멋지지 않아?
머리를 옆으로 열심히 넘긴다
아, 누나~ 멋지지 않냐구~
애교를 떨며 안겨 오는 모습이
딱 아빠다

너희 엄마 너무 예쁘지 않니?
자기야~ 아, 깜찍아~
애교를 떨어 엄마를 질색하게 하는
아빠를 딱 닮았다

그 순간

2학년 함소이

언니가 지각했다고 내 손을 잡았다
나는 언니보다 달리기가 느려 넘어져 버렸다
다리가 까져 피가 났다
달릴 수 있겠어?
언니가 미안해 그냥 지각하자 많이 다쳤어?
세 살밖에 많지 않은 언니가 뽀뽀해 주며 위로해 주었다
넘어지는 바람에 버스를 놓쳐 집으로 오는데
그날따라 걱정이 안 됐다
하늘을 보는데 마음이 웅장해지는 것만 같았다
바람도 내 편인 것 같았다

누구한테

2학년 고은별

어릴 적 나는 처음 보는 것들은 뭐냐고 항상 물었다
엄마, 저건 뭐야?
튤립이야 은별이처럼 예쁘지?
아빠, 저건 뭐야?
개미라고 하는 거야 절대 밟으면 안 돼

어느 날 부모님이 나에게 물으셨다.
은별아, 카톡 친구 추가 어떻게 하는지 아니?
저번에 알려줬잖아! 이렇게 하는 거라고
고마워

부모님은 별거 아닌 걸 알려줘도 고마워하시는데
나 없으면 누구한테 물어보시려나?

부모님이 없다면
난 누구한테 물어보지?
아직 고맙다는 말도 못 해드렸는데

어머니의 호루라기

이현실 선생님

시어머니가 뇌졸중으로 입원하셨다
갈 때마다 남편은 마비된 어머니 손과 발을 열심히 주물렀다

어머니가 아들에게 말씀하셨다
착하게 살믄 이런 비영 안 걸리는 거 아녀?
엄니, 이건 병이 아뉴
그럼, 머여?
불효자식들을 향해 부는 호루라기유

어머니의 뒤를 씻기는 여동생에게 남편이 말했다
니가 찹쌀이다 오빠들은 죄다 정부미여 정부미는 참 찌질혀

그래두 오빠들은 조국의 아들들이네유

호루라기 소리에 달려온 열 명의 자식들이
철갑상어 엑기스, 홍삼정, 전기 발 마사지기를 내밀었다

이것들이 다 머라냐

어머니가 언제나 부르고 싶었던 건
열이나 되는 자식들의 짜투리 시간이었을 것이다
열 자식 한 처만 못하다는 옛말이 내 말인가 하셨을 것이다

영웅도 나이를 먹는다

2학년 양한나

아빠가 먹는 양이 줄었다
예전에는 아침밥을 드셨는데
요즘에는 얼굴도 안 비치신다
그렇게 좋아하던 고기도
조금 먹다 수저를 놓으신다

아빠 더 안 먹어?
아빠 배불러 너 먹어
점점 더 가늘어지는 팔다리를 보고
처음에는 다이어트를 하는 줄 알았다
그런데 귀가 아플 정도로 말이 많은 아빠가 조용해졌다

혼자 앉아있는 때가 많아졌다
이제 알았다 영웅도 나이를 먹는다는 걸
볼거리에 걸려 새벽 내내 집이 떠나가라 울던
내 옆을 지키던 아빠의 옆을 내가 지킬 때라는 걸

아빠 약 드시려면
밥 좀 드세요

배은서

2학년 이찬영

학교에 가면 가장 귀찮은 녀석 배은서
매일 머리를 묶고
지 생명인 것 마냥 가지 인형을 갖고 다닌다
키는 160cm 정도 되고 수영부이다
그리고 왠지 모르게 나한테만 관심을 사려한다

내가 잘생긴 것도 아니고 공부도 못하고 말도 더듬는데
왜 나한테만 그러는지 도통 알 수 없다
그 녀석은 내가 등교하거나 숙제를 풀든가 밥을 먹을 때
자꾸 말을 건다
찬영아 안녕
너 수학 풀어? 우와
밥 맛있게 먹어

선생님이 없으면 나를 툭툭 치면서
야, 야, 어이!
시비를 건다
난 그래서 그날만을 기다린다
내가 졸업하는 그날을

내가 제일 밉다

2학년 배은서

방문 너머 큰 소리가 들린다
또 싸우시나 보다
저리로 가라고!
곧 폭발할 것 같은 아빠 목소리
그게 아니잖아…
울컥하는 엄마의 목소리

나도 눈물이 날 것 같다
서로 미운 말, 아픈 말만 골라서 하는
엄마 아빠는 서로의 마음을 몰라 준다
싸움이 더 커질까 봐 조마조마한
이런 내 마음도 몰라 준다
싸우는 엄마 아빠가 밉다

이런 상황에서 아무것도 못 하는
내가 제일 밉다

3부

자전거를
타고

공산성 금서루

폐기 도서

2학년 김영훈

우리 학교 도서관에는
한쪽 벽엔 만화책들이 있고
다른 책들도 가지런히 정리되어 있다
그리고 신간 도서에게 자리를 빼앗긴
폐기 도서들이 가득 쌓여 있다
그중 일부는 나눔하는 날 누군가에게 선택받겠지만
나머지는 잘 알지도 못하는 곳으로 끌려가 사라진다
책들이 살려달라고 소리치는 것 같다
폐기 도서들은 거의 다 30년 이상은 됐는데,
그만큼 살고도 더 살고 싶은가 보다

영훈이

조은률 선생님

학교 부임 첫날
진로 교실 문이 열린다
쪼끄맣고 동글동글 귀여운 남학생이 들어온다
선생님!
얼음 먹어도 돼요?
응?
냉장고에 있는 얼음이요.
아, 그래…
선생님!
사탕 먹어도 돼요?
응?
냉동실에 있는 커피사탕이요
아, 그래… 먹어
몇 개 먹어요?
어? 세 개
얼음 하나 입에 물고 사탕 세 개 집어 들고 나간다

둘째 날
선생님! 얼음 먹어도 돼요?

어, 먹어

선생님! 사탕 몇 개 먹어요?

세 개

선생님! 전에 계시던 진로 선생님 불러주시면 안 돼요?

응?

그 선생님이랑 은근히 정이 들었거든요

아, 그래. 하지만 선생님을 불러줄 수가 없구나

아, 네…

얼음 하나 입에 물고 사탕 세 개를 집어든다

셋째 날도 문이 열리고

선생님!

어, 얼음 많이 먹고, 사탕은 네 개 먹어

얼음 한 컵, 사탕 네 개 집어 들고 교실 문을 나간다

오늘은

점심 급식에 나온 와플이랑 오렌지주스를 냉장고에 넣어놓고

영훈이를 기다린다

이렇게 전 선생님이랑도 정이 든 거구나

냉동실 커피사탕이 줄어드는 만큼

나도 어느새 너에게 스며들었네

아빠의 시

2학년 조예림

내가 아빠한테
내일까지 시 안 써오면 수행평가 빵점 맞는다고 했더니
근데 왜 안 하냐고 펜과 종이를 달라고 하고
잠시 고민하더니

'과거와 현재 아빠 모습'

과거 아빠 옆에 찰싹 붙어 있던 나
현재 왠지 어색하고 쑥스러워
아빠에게 말 걸기조차 힘든 나

과거 아빠와 뭘 해도 즐겁고 좋던 나
현재 피로한 아빠에게 같이 하자는 말조차 하지 못하고
애틋한 마음만 가득한 나
과거 몸은 좋고 모르는 게 없던 아빠에게 항상 기대었던 나
현재 늘어나는 뱃살과 잔주름
그리고 나보다 모르는 게 많아진 아빠가 안쓰러운 나
과거 그런 아빠의 신부를 자청했던 나
현재 지금의 아빠를 위로하고 싶은 나

그래도 나는 현재의 아빠가 좋다,
라고 공책에 써 주었다

오글거려서 쓰기 싫지만
이걸로 쓰겠다 했으니
쓰긴 써본다

열세 번째 생일

2학년 김서연

학교 복도를 평소처럼 터벅터벅 걷는다
이상하다
교실이 어두컴컴하다
갸우뚱? 문을 열었다
나팔 소리처럼 들려오는 함성
당황스럽지만 미소가 지어졌다
내 책상에 가득 서로 다른 글씨체의 우글부글한
생일 축하의 말들

놀라웠지만 행복했다
'고마워'라는 말을 내 입으로
이날 제일 많이 말한 것 같다
나는 내가 생일 축하를 받을 수 있다는 존재라는 걸 느꼈다

작은 손님

유종훈 선생님

너와 나는 흑백의 모니터를 통해 처음 만났다
산모님 차가우면 말씀해 주세요
초음파 젤을 바른 엄마와 손을 꼭 잡고
눈을 크게 떴지

보이지도 않는 3mm의 크기에서 들리는 심장 소리
너 정말 거기 있는 거 맞나?
손톱보다 작은 크기에서 최선을 다해 뛰는 심장

새해의 첫 선물로 찾아와
푸른 여름과 붉은 사과가 익어가는 가을
엄마의 뱃속을 가득 채워 나가는 너

토리야, 태명을 부르면
나 여기서 듣고 있어요!
엄마의 배를 볼록이며 대답해 주는 너

100cm의 작은 우주에서 손과 발을 꼬물거리며
세상의 땅에 발 딛고자 하는

지금의 그 간절함을
오래오래 간직해 주길

미안한 마음

학원이 늦게 끝나는 날
집에선 항상 전화가 온다
언제 오니? 오늘 좀 늦네
거의 다 끝났어 곧 갈 거야
뚝—

집에 가면 내가 올 때까지 기다렸다는 듯
그제야 가족들이 밥을 먹으려 식탁에 둘러앉는다
나는 그런 모습이 짜증만 난다
아, 먼저 먹지 왜 기다렸어!
너 밥 안 먹을까 봐 걱정돼서 그랬지
그런 줄은 나도 알지만
방문을 쾅, 닫고 들어간다
오늘도 나는 미안한 마음을 방문 닫기로 표현한다

진짜 누구 고집인지, 먹든지 말든지 니 맘대로 해
할머니도 짜증 섞인 말투로 맘을 전하나 보다

꿈나라 단골 여행객

2학년 윤지원

내 친구는 잠만보다
왜냐? 잠만 자기 때문이다
이동수업 시간에 깨우려는데 계속 깨우면
얼굴을 찡그리며 팔을 휘젓는다
이런, 짜증 내야 할 사람은 나인 것 같은데
결국 포기하고 나 혼자 수업 들으러 간다

잘 때는 아주 조용하지만
일어나면 심각하게 잘 논다
말을 재치 있게 잘하고
어떻게 재치 있게 하는지
선생님이 써보라고 하시는데
얘가 지금도 자고 있어서 생각이 안 난다

뭘 설명하려고 하면 온몸으로 표현한다
슬픈 상황엔 손으로 눈을 가려서 슬픈 듯한 느낌을 주고
놀라는 상황엔 우왁거리며 날 놀래킨다
롤 게임에 나오는 그라가스의 주정뱅이 같은 행동을 한다

가끔은 나도 당황스러울 때도 있지만
놀기 위해 자는 건가? 싶을 때도 있다
하지만 잠만보가 싫어하는 행동을 하게 되면
아, 진짜! 라며 화를 낼 수 있다
자는데 깨우기라던가
게임을 하는 데 방해하기 이런 것만 조심하면 된다

만약 잠만보가 화를 낸다 해도
10분 정도 기다리면 다시 평소 보던 잠만보로 돌아온다
에휴 다시 잠만보나 깨우러 가야겠다

절친 현준이

2학년 유동식

현준이와 싸웠다
기가 모둠 수행평가를 하는 날이었다
우리 모둠의 주제는 화재 예방
노랫말을 만들고 영상에 붙이는 작업이었다

"우리 집에 놀러 와서 화재 예방하는 동영상 만들기 하는 것을
가사로 쓰자"
현준이가 말했고
"아니야 그건 주제와 관련 없는 쓸데없는 가사 같아"
라고 내가 말했다

계단에 앉아 있는 모둠 친구들 앞에서
"내가 이딴 팀에 들어와 가지고"
라고 했다고 친구들은 말한다
그래서 현준이가
"그래 그럼, 동식이가 다 하겠지"
라고 했다는 거다
그때부터 우린 갈라지게 되었다

집에 와서 선생님께 나 혼자 과제를 하겠다고 전화했다
선생님은 이유를 물어보시더니 이번만 허락한다고 하셨다
발표하고 나서 선생님이
둘이 나가서 화해하라고 하셨다
"내가 너의 의견에 쓸데없다고 한 건 미안하다."
"우리 둘 다 잘못했다."
우린 서로 안아주며 화해했다

정우는 우리가 절교했다 만난 친구라 절친이라고 했다

우리 집에 고릴라가 있다

2학년 이순신

왜 우리 집에 고릴라가 있냐면
할머니 집에서 입양해서 우리집으로 데려왔다
나의 다리만 빼면 고릴라는 내 키와 같다
고릴라를 안을 때 팔 안이 꽉 찼다
나는 누나랑 싸웠다
왜냐하면 고릴라를 가지기 위해서
그래서 이렇게 정했다
낮에는 누나
밤에는 나로

고릴라를 안으면서,
그러고 보니 이름이 없네?
그래서 내가 이름을 지어주었다
콩콩이, 라고
안고 걸으면 팔다리가 흔들흔들
방을 콩콩 찍는다

고릴라가 우리 집으로 온 뒤
나는 잠잘 때 포근하고 부드럽다

게임 할 때 기대고 하면 팔꿈치가 안 아프다
고릴라가 우리 집으로 온 뒤
고릴라가 잘 때 이불을 덮는다
옆에 인형 친구들도 있다
고릴라는 심심하지 않다
매일매일 사랑받는다

재미있는 내 친구

2학년 정일준

지원이는 우리 반의 인기스타이다.
체육 시간에 우리 반 친구가 체육쌤에게 웃음 주니까
빅발리볼을 하는데 상대 팀이 못하면 하하 웃는다
왼쪽 손은 명치에 오른손은 배에 대고
상체를 약간 뒤로 젖히고 웃는다
덕분에 광대뼈가 아프다

지원이는 게임을 정말 못한다
내가 몇 달 접었다 해도 걔는 이긴다
내가 날먹하는 건가
얘 진짜 못한다
카톡으로
못하네ㅋㅋ 어떻게 내가 몇 달 접었다 해도 널 이기냐ㅋㅋ
라고, 보내려고 했지만 참고 보내지 않았다
그래도 이긴 건 이긴 거다

지원이는 키 작고 몸도 애매하고
게임을 못하는 지원이는 쥐를 닮았다
지원이는 바란다

집에 형이 안 왔으면

그래야지 형 방에 있는 컴퓨터로 게임을 하니까

무수방구

어릴 땐 수업 중에 소리 없는 방귀를 뀌는 놈이 많았다
누구야, 너지?
나 아녀
아우성을 칠 때 영감처럼 말하는 놈이 있었다
난 아는디
누군디?
냄새가 무수방구여

학교 끝나면 주막거리를 지나
피라미와 송사리 모래무지가 노는 개울로
날마다 뛰어들었다
고기를 잡느라 풍덩거리다 보면 허기가 졌다
야 배고픈디 무수 뽑아 먹자
그랴
누구네 밭이어도 괜찮았다

바지에 비벼 흙을 털고 무청을 비틀어 뗀 뒤
대강이를 한 입 베어내고
윗니로 껍질을 돌려 벗겨 한 입 베어 물면

시원 달짝 쌉쌀한 맛이 입안 가득 퍼졌다

큰 놈을 하나 해치운 날은
저녁 밥상에서 연속 방귀가 나오기 시작했다
냄새를 맡은 식구들이 별일 아니라는 듯
"무수방구네."

70년대 간식이란 게 없던 그 시절엔
가을 무를 참 많이 먹었다

잃어버린 것들

2학년 오현주

미세먼지 농도가 '좋음'이어도
마스크를 벗을 수 없는 이유는
KF94를 뚫고 들어오는 매연과
아파트 곳곳에서 피어오르는 담배 냄새 때문
하굣길, 201동을 지나는데
하늘에서 툭 떨어지는 담배꽁초
어느 집인지 한참을 올려다본다

엘리베이터를 타도 계단으로 가도
화장실 환풍기에서도 나는 담배 냄새
덕분에 숨 참기만 늘었다
금연 구역에서 흡연하면 과태료 10만 원이라던데
볼 때마다 신고하면 이게 다 얼마야

어제 일본이 방사능 오염수를 바다에 뿌렸다
마라탕만 못 먹을 줄 알았는데
급식 먹기도 꺼려지네
대학생이 되면 가려고 아껴둔 밤바다
낭만의 포장마차도 이제 끝난 거겠지

과태료를 물려도 돌아오지 않는다
물고기도 파도와 미역도 예쁜 조개도

우리나라는 지금 여름만 다섯 달째
돌아오지 않는다
가을이, 연말과 학기 초의 몽글몽글 겨울 감성이
잃어버린 모든 평범함이

AI

2학년 유서현

주말에 언니한테 나가자고 했다
언니는 딱 그 말 한마디
귀찮아
답답하다 공차 쿠폰이 생겼다
사 줄 테니 같이 가자
귀찮아
언니는 귀찮아, 싫어, 딱 그 두 마디로 하루를 마친다

언니 상 차려
싫어
언니 상 치워
싫어
AI와 대화하는 것 같다

야! 어디야?
마트
알아떠
갑자기, 애교?
언니가 드디어 미쳤나 보다

달빛이 내린다

2학년 박하민

오늘은 커피콩을 고르는 날
카페 달비채는 달빛이 내린다는 뜻
달비채는 내가 지은 이름
엄마, 아빠, 동생, 내가 소매를 걷어붙이고 콩을 분류한다

상태가 좋지 않은 콩이 많으면 실격이다
안 볶은 콩은 먼지도 많고 냄새도 시큼하지만
오늘은 그렇게 좋을 수가 없다
콩 고르고 손님 받고 콩 고르고 쉬었다 콩 고르고
아침부터 밤까지 그러다 보면
창가에는 달이 떠서 콩을 비추고 있다

로스터 엄마의 대회가 다가온다
엄마 아빠는 힘들겠지만 나는 너무 좋다
우리 가족이 유일하게 같이 있을 수 있는 때

어른들의 일은 아직 고르지 않은 커피콩같이 많이 남아 있다

소년체전 선발대회

2학년 김정우

대회가 시작됐다
와아, 사람들이 소리 지른다
가슴이 두근거리기 시작했다
나는 배영을 뛴다
여섯 명의 선수가 물에 들어가서 일렬로 섰다

삑! 신호가 울렸다
발판을 힘껏 밀며 출발했다
물을 힘차게 밀고 갔다

5m 깃발이 보인다
마지막까지 최선을 다해 팔을 돌린다

버티자

2학년 김윤서

난 고통받는 게 익숙하다
학교에서 ppt 만들기 속도가 느려서
무엇을 몰라도 물어볼 사람이 없어서
가만히 있으면 욕을 먹었다
친구에게 상담해도 아무 의미 없었지
난 그래서 전학을 하기로 했다
아 또 학교생활이 힘들면 어쩌나
불안함 때문에 위클래스 상담을 받았다
난 이야기하며 울었다
그리고 전학을 왔는데 많이 달랐다
착한 애들이 많았다
먼저 말을 걸어주는 애들도 있었다
이렇게 행복할 수 있구나
행복하면 날 고통스럽게 한 시간을 이기는 것이다

전학생

곽아름 선생님

진로실에서 대기하고 있는 너의 어색한 눈빛이
교실 문 앞에 서서 멈칫하는 너의 발걸음이
반 아이들 앞에 선 너의 떨림 가득한 목소리가
여기까지 오기 쉽지 않았음을 짐작하게 해

자신의 장점 란에 단호하게 그어진 X와
가장 아쉬운 점에 적힌, '급발진'이라는 표현
건강 상태에 쓰인, 아플 때가 많다는 그 말이
너의 머릿속을 가득 채웠을
많은 고민을 짐작하게 해

내 안의 열다섯 살 중학생은
사실, 너의 용기가 부러워

화장실에 같이 가자는 말
내가 아닌 다른 아이에게 하는 친구의 모습을
애써 못 본척하던 아이였어
자꾸만 내성적인 아이로 변해가던
그땐 그 힘든 시간을

그저 버텨내야만 하는 건 줄로만 알았어

그렇기에
선생님이 된 지금
나는 너를 응원해
너의 용기를
너의 새로운 시작을

크리스마스이브

2학년 임지민

따듯했던 크리스마스이브
휴대폰의 진동이 울렸다
단짝의 전화였다
들뜬 마음으로 전화를 받았다
성당 미사 같이 갈래?
그래

난 아직도 그때의 답에 후회한다
친구의 부모님 차를 타고 성당에 갔다
한 시간이면 끝날 줄 알았는데 두 시간이었다
성가와 기도가 어색해 점점 지쳐갔다

미사가 끝난 뒤, 다시 친구 부모님 차를 타고 왔다
카페에 가서 아이스 아메리카노를 마시면서 수다를 떨고 싶었다
오늘은 크리스마스이브였다

흔한 형제의 싸움

2학년 김현태

예전에는 하루 종일 싸우는 흔한 형제였다
생각해 보면 무서운 싸움이었다
그날은 나랑 형이랑 둘 다 날이 서 있는 날이었다
처음에는 가벼운 말다툼
그다음엔 문장으로 된 욕
세 번째는 주먹
네 번째는 칼을 들었다
그때 느꼈다
형은 진짜 나를 죽이려 한다는 걸
손가락엔 힘이 빠지고, 다리는 떨리면서
힘은 풀려가고 눈앞은 어두워질 정도로 무서웠다
말도 안 나오는 입으로
"미안해."
이 한마디로 형과의 싸움을 끝냈다

대나무 숲

3학년 이정원

외할아버지께서 보여줄 게 있다고 하셨다
할아버지를 따라 외갓집 앞에 있는 대나무 숲으로 갔다
사람이 한 명씩 지나갈 수 있는 오솔길이 있었다
구부러진 오솔길을 다 올라가자
왕촌 마을이 갑자기 한눈에 들어왔다
할아버지가 보여주고 싶으신 것이었다
하지만 나는 대나무 숲이 좋았다
빽빽한 대나무 사이로 연두색 햇빛이
무대조명처럼 쫙 들어왔다
눈이 부시지 않고 대나무색이 된
햇빛이 참 좋았다

나의 가족 이명진 선생님

3학년 장보선

과학 수업 시간에 장난을 치다가
나의 텐션이 과도하게 올라가면 명진 쌤은 이렇게 말씀하신다
보선이 너 약 안 먹었니?
수업을 빼먹고 싶어서 찾아간 위클래스
타로카드를 하면서 선생님과 만났다

어느 날 선생님과 올리브영에 갔다
내가 화장에도 관심이 많은데
선생님이 좋은 화장품을 써야 한다고 말씀하셨다
셰도우, 아이라인, 세안 오일, 틴트
한 보따리 사 주시면서 다 쓰면 말하라고 하셨다
이런 혜택을 아무렇지도 않게 누리는 친구들에 비해
나는 운이 없는 아이인 줄로만 알았다
그런데 이런 선생님을 만났다
나는 운이 좋다
날마다 선생님의 선물을 소중하게 쓴다

나는 다양한 음식을 먹어보지 못했다
중학교 1학년 때 마라탕을 처음 알게 된 뒤

비쩍 말랐던 나는 지금까지 10kg가 쪘다
명진 쌤은 나 때문에 항상 마라탕을 드시러 갔다
선생님이 사 주시는 것은 아무리 배불러도 끝까지 다 먹는다
내 돈이 아니고 선생님의 돈이기 때문에
미안함과 감사한 마음으로

선생님과 나는 노래 코드가 잘 맞는다
노래방에서 몇 시간씩 김광석의 노래를 부른다
선생님은 혼자 있는 아이들을 더 잘 챙겨주신다
쌤이 엄마보다 좋다
복도에서 만나면 선생님과 서로 껴안고
선생님이 오늘 뭐 했냐, 배 안 고프냐고 묻는다
죽었다 깨어나도
명진 선생님과 같은 사람을 못 만날 거 같다

같은 주제 다른 생각

3학년 배효빈

시합이 끝나고 초가 안 나오면
나는 엄마에게 혼날까
무서워 떨고 있다
친구들에게 이야기해 보면
다들 이렇게 말한다
잘했네, 나는 너보다 못했어. 수고했어

하지만
엄마라는 큰 변수가 있다
엄마는 잘하면 칭찬과 잔소리가 7:3
못하면 짜증 100% 잔소리 100% 빡침 100%

이쪽에서는 킥을 더 빠르게 차야 되는 거 아니야?
야 이렇게 할 거면 운동 왜 하냐

아니! 같은 주제인데,
왜 이렇게 다른 걸까?

자전거를 타고

3학년 최지민

자전거 페달을 밟으며
푸른색으로 가득 찬 논과 밭을 지나면
소똥 냄새나는 길
내가 잘 아는 길

문득 고개를 돌리면
건너편 다리 옆으로 난 낯선 길

숲으로 꺾여 들어간
그 길이 궁금하다

페달을 다시 밟아
구불구불 달려간다
확 올라오는 풀냄새

길 끝에서 눈 앞에 펼쳐진 마을
파란 슬레이트 지붕, 양옥집, 주황색 지붕
옛날 문방구와 그림이 그려진 담벼락
그리고 조그만 목면 초등학교

내 호기심과 용기의 선물

뜻밖의 풍경

다음번엔 어떤 길을 가볼까?

너로 인해

3학년 유다현

월드컵 외에는 관심 없던 축구
너로 인해 바뀌었다

점심시간 축구 클럽 명단에 있는
너의 이름을 보고
선생님께 내 이름도 넣어달라고 부탁드렸다

점심시간 햇빛 가득한 운동장
네가 계단 위에서 내려오는데 뒤에서 후광이
크… 나도 모르게 감탄해 버렸다
바람도 살살 부니 마치 청춘 드라마의 한 장면 같았다

너의 관심을 받기 위해 시작했지만
넌 부끄러움도 많고 눈치도 없어서 그런지
나에게 눈길조차 주지 않는다
나는 축구 룰도 다 외우게 됐다
네가 축구공을 보는 것처럼 나도 봐줬으면 좋겠다

몸을 움직이는 것

3학년 최가희

등판엔 동양 킥복싱
앞에는 '신의'라 쓰인 남색 도복을 입는다
띠를 단단히 묶고 스파링을 시작한다
스파링을 하는 금요일이 제일 좋다

스텝을 뛰면서 상대에게 다가간다
쨉, 원투, 중단 발차기!
준희는 가드를 올려 내 쨉을 막고
발을 잡아서 나를 넘어트린다
넘어져도 재밌다

지난 금요일에 173cm 준희를 K.O 시켰다
뒤돌려차기를 했는데 턱뼈에 맞았다
너무 아프다고 욕을 했다
꼴이 좋았다

도장에 들어갈 때, 나갈 때 큰 소리로 외친다. 신의!
줄넘기 9분, 스트레칭, 점핑잭 10회의 준비운동
스텝 2분, 발 차올리기 10회

매일매일 쉐도우, 샌드백 2라운드는 기본

몸을 움직이는 것이 좋다
춤추기, 운동하기
몸으로 표현하는 것에 자신이 있다
금요일의 스파링은 내 모든 스트레스를 풀어준다
난 앞으로도 지금도
내가 할 수 있는 것들을 모두 시도해 볼 것이다

어른, 아이

3학년 류연지

일정한 방향으로 물체를 바라보라는 선생님의 말씀
심혈을 기울여 방향을 맞춰본다
모서리가 굴곡진 나의 물병
에이 설마, 또?
설마가 사람 잡는다고
미술 선생님의 손에 가볍게 나의 물병이 들린다

연지야, 내가 항상 말했잖아
네 물체는 모서리가 둥글어서 빛이 이렇게 들어간다니까, 응?
나는 아무것도 들리지 않는다
따질까, 물을까? 물병의 방향 잡기가 얼마나 어려운데

네가 다시 맞추면 되지!
이번에는 종이를 가져가신다
방향을 항상 똑같이 두고 그려야지, 여기가 이렇게 된다니까?
흔들리는 나의 멘탈

독수리가 먹이 채가듯
내 물건을 획획 집어 가시는 선생님

나에겐 그 무엇보다 중요해 아무 시도도 못 하고 있었는데
아무렇지 않아 보이는 선생님
어른들은 실패가 두렵지 않은 걸까?
이게 어른과 아이인가 보다

4부

문 앞의
아이

우리 학교

한 여자의 결심

3학년 지푸름

아빠는 7살쯤 일찍 여의셔서 얼굴도 가물가물하고
남편을 잃은 충격이 컸던 엄마에게서는 모진 말들을 들으며
빨래, 청소, 밥 짓기, 집안일을 열심히 했다고 한다

집에 들어가기 싫어, 학교를 너무 좋아했다
하나님을 믿지 않는데도 교회에 다녔다

어른이 된 뒤엔 돈을 열심히 벌었고
너무나도 밉지만, 사랑하는 엄마에게
그동안 벌었던 모든 돈을 주었다

어느 날 한 남자를 만나 결심하게 된 그녀
이 남자와 가정을 꾸리고
내 자식은 나처럼 살게 하지 않으리라고

이윽고 엄마는
내가 제일 사랑하는,
결심을 이룬 나의 그녀가 되었다

어른의 마음

3학년 윤단영

우리 집은 상서리 정류장에서 5분 거리지만
학원이 끝나고 버스에서 내리면
가로등 하나 없는 시골길이다
신관동 전막에서 900번을 놓치고 207번을 탔는데
비가 눈치 없이 쏟아진다
혼자 어떻게 걸어가지?

그 순간 버스 기사 아저씨께서 학생! 하고 부르신다
놀라서 쳐다보니 우리 집 앞에서 문을 열어주신다
정거장은 조금 더 가야 하는데

비 오잖아 빨리 내려
900번 버스에서 내려 집에 가는 나를 보신 것 같다
아무 표정 없이 하신 그 말씀 한 마디
어른의 친절이란 이런 건가 보다

2023. 9. 13. 주차장에서

이명진 선생님

비 오는 날의 늦은 퇴근
너무 아픈 사랑은 사랑이 아니었다는
김광석의 노래가 흘러나오는 차 안에서
마음 깊숙이 외면했던 세월을 조심히 꺼내 본다

하루 스물네 시간이 그저 부족하고 고달팠을 당신
이해받는다는 개념조차 모르고 살았을 당신의 시간 속에서
사랑 한 조각 얻고자 몸부림치던
나와 마주해 본다

서러운 기억만이 내 인생 전부인 양
그저 외면하고 멀리했던 당신의 사랑
나의 후회, 나의 사랑

계절의 끝을 알리는 빗속에서
비로소 당신의 사랑을 온전히 인정하는
나의 어리석음이
나의 사모곡이
어두운 주차장에 가득히 흘러넘친다

비가 와서 다행이다
어두워서 참 다행이다

문 앞의 아이

3학년 손예진

비가 와도, 눈이 와도
학교에서 돌아오면 문 앞에 서 있는 아이가 있었지
대문 안에서 기다려 줄 때도 있고
대문 밖까지 나와 있을 때도 있고

너는 내 곁에서 항상 떨어지지 않았지
언니랑 싸워서 울고 있으면
애옹, 하면서 부비부비 거렸지
내 마음을 알아주었지
꽃이 늘어진 옆집 담장을 지날 때부터
골목까지 너의 애옹, 소리가 들렸지
그게 일상일 줄 알았는데

마음이 상한 날
널 그냥 지나쳤는데도
곁에 와서 안기던 너

아무리 속상한 표정으로 집에 와도
애옹, 다가오는 소리가 없네

오이 딴 날

3학년 유기연

오월 삼십일 머리가 뜨거운 날 1, 2교시
이현실 진로 선생님을 따라
우리 3학년 스물여덟 명 모두
우성면 쌍둥이네 오이 농장에 갔다
습하고 뜨거운 오이 하우스
끝이 보이지 않는 오이 숲
발은 저릿저릿 머리에 물방울이 뚝뚝 떨어진다

넝쿨을 밟으면 안 됩니다
작은 오이는 따면 안 되고
손끝에서 팔목 정도까지의 오이를 따야 맛있고 신선해요
하우스에 앉아 이경순 농장주님의 설명을 들었다
가시오이, 백오이, 청오이, 오이의 종류도 배웠다
그중에 우리가 딸 것은 백오이였다
이제 오이 넝쿨을 조심히 넘어
향긋한 오이 향 씁쓸한 비료 냄새를 느끼며
정성스럽게 또 신중하게 길고 큰 오이를 땄다

다 따고 난 후 농장주님이 씻어주신 오이를 먹었다

집에서 먹었던 오이와 다르다
직접 따 먹으니 더 시원하고 아삭 상큼 향긋했다
생각 없이 갔지만 농사를 이렇게 짓는구나
오이 생산 과정이 이렇구나
하는 걸 배웠다

농장주님은 학교에 가지고 가라고
오이를 담은 큰 플라스틱 상자를 세 개나 주셨다
선생님들은 오이를 씻어서 맛있게 드셨다
마치 내가 농사지은 오이를 드시는 것처럼 뿌듯했다

단골 멘트

3학년 전채빈

헐레벌떡 꿈속에서 깨어나며
잘 잤냐고 인사하는 하품

졸린 등굣길
오늘 하루도 힘내라
그러나 저도 힘이 하나 없네

언제 끝나나
수업 중에도 선생님 눈치 보며 나오는 너
한숨을 닮았네

점심시간, 밥 다 먹고
배부르니 자고 싶다며 대자로 뻗는
얘는 트림 대신이라네

학원에서 슬며시 나오는,
이번 건 뭐냐?
묻는 나에게
머쓱한 얼굴로, 자신도 모르게 나왔다는,

그러다 꾸벅꾸벅 침 흘리며 조는
하품
이제는 없으면 서운한
나만의 평생 단골이 되어줄 너

성공의 길

3학년 문다민

수학 시간 풍호 쌤이 교실에 들어오시면
풍호 쌤 이름에 걸맞게 태풍이 몰아친다
자고 있는 종민 창복 정우에게 소리치신다
연봉 깎이는 소리가 들린다!

질문이 없다고 혼난다
니들이 질문을 안 하니까 진도를 빨리 빼는 거 아니야
그러다 질문을 하면
넌 어떻게 생각하는데?
아니, 모르니까 질문하는 거죠
먼저 생각해! 집에서 알아 와라 오직 성공의 길은 공부다

재산이 300억 이상이면 공부 안 해도 된다고 하는데
부자들이 부럽다

상상의 동물 여동생

3학년 정우진

평소랑 다른 조용한 아침
동생들이 싸우는 소리도 없고
엄마 아빠가 혼내는 목소리도 없고, 뭐지?
거실에서 형과 동생들이 TV를 보고 있다

엄마 아빠는 공주 산부인과에 가셨다고 한다
동생이 생겼다고 한다
남동생? 여동생? 너무 궁금하다

아빠에게서 전화가 왔다
떨리는 마음으로 받았다
여동생! 여동생이라고 한다
나는 하늘을 날 것 같았다

아기가 집에 왔다
처음 본 아기는 얼굴만 빼고 얇은 이불에 폭 싸여 있었다
생각했던 만큼 이쁘진 않았지만
내 여동생이라 생각하니 정말 이뻤다
나는 사랑하는 마음으로 동생을 돌보아 주었다

소꿉놀이 숨바꼭질
해달라는 거 다 해주고 놀아주었다
동생은 떼쓰고 울고
뭘 해달라는 말은 하지만
뭘 해라, 하지 말라는 말은 안 들었다
나는 생각했다
귀엽고 깜찍한 여동생은 없다고

여동생에 대한 상상이 깨졌다

뫼비우스의 띠

3학년 이지선

아침 일찍 GS25에서 사 온 초코칩
아무도 없는 교실에서 과자를 뜯는다
바스락바스락 소리도 맛있다
갑자기 떼거지로 나타나는 친구들
제각각 다른 문장으로 달라고 한다
야, 가져간다
나, 두 개만
초코칩 말고 칙촉도 맛있음
먹어두 돼?
하이에나 떼들이 떠난 후
빈 과자봉지만 남아 있다
땅을 짚고 후회를 하지만
다음날 아침 나는 또 과자를 사고 있다

7월 8일

3학년 신재민

누가 더 많이 잡나
조개와 망둥이와 칠게를

내기하던 어린 시절의 갯벌
내 첫 친구이자 가장 오래된 친구
어느 날 물에서 나오지 못한 친구
이젠 내 말이 전해지지 않습니다

7월 8일의 비는
눈물이었습니다
그 아이가 눈물을 그치는 맑은 날엔
푸른 바람이 내가 하고픈 말들을
그 아이에게 전해주었으면 합니다

비행기를 좋아하던 내 친구
가끔 비행기가 지나가는 하늘은
내 친구를 만나는 하늘 같습니다

학교 가는 길

3학년 이지윤

오늘도 학교에 간다
동생은 뒤에서 졸졸 쫓아온다
내 기타를 받아서 어깨에 메고
나는 동생의 가방을 받아준다
횡단보도를 건너면 교회가 보인다
교회 마당에 살구나무가 있다

교회를 지나 다리를 건넌다
다리 아래 유구천을 보면 마음이 편해진다
장마에 무너진 인도가 보인다
그곳은 조심히 건너야 한다
동생은 어느새 옆으로 와서 재잘재잘 떠든다

동생이 복싱대회에 나갔었다
아직 초보라 질 가능성이 높았지만
그래도 응원했다

기회가 될 때 치려고 가드하고 있었거든?
근데 갑자기 심판이 중지시킨 거야

더 버틸 수 있었는데 너무 아까웠음

동생이 한 번쯤은 이겼으면 좋겠다
벌써 학교가 보인다
경비아저씨와 체육 선생님께 인사한다
주한아, 누나는 저렇게 웃는데 너는 왜 맨날 정색이냐
너도 웃으면서 인사해 봐
체육 선생님이 말씀하신다

등굣길은 동생 덕분에 심심할 틈이 없다

우산

3학년 류연지

학원이 끝났는데 우산도, 데리러 올 사람도 없다
모자를 쓰고 버스터미널로 뛰어간다
선생님이 빌려주신 우산 그냥 쓸걸
친한 동생도 마침 우산이 없다고 해,
우산을 건네주고 빈손으로 나왔다
비가 더 쏟아진다
어쩔 수 없이 들어간 아이스크림 할인점
옷을 털고 있는데 문을 열고 들어오는 동생
언니 괜찮아? 지나가는데 언니가 보여서…
눈이 커지고 웃음이 비실비실 새어 나온다
그럼, 너 가는 데까지만 데려다 줄래?
어두운 저녁, 지나가는 차들의 불빛이 우리를 비추고,
오늘은 습하고 따뜻한 날이다

다른 하루

3학년 김재윤

학교에서 수영장으로
훈련이 끝나면 집으로
계속되는 하루의 반복
7살 때부터 지금까지 9년 동안
접영만 반복
언제쯤 나는
이 틀에서 벗어날 수 있을까
하루하루가 다른 삶을 살아보고 싶다

선생의 말

엄태숙 선생님

1교시 종소리 운동장에 흩어진 지 오래
너는 계단 중턱에 앉아 있다
웅크린 뒷모습으로 짐작되는 눈물

내려가던 발걸음 멈추었는데
엄마, 아빠가 싸우셨어요
고개를 숙인 채 묻지도 않은 대답을 한다
마음의 말 차마 꺼낼 수 없어
학교는 어떻게 왔니?
동네 아저씨가 태워주셨어요
울음 섞인 목소리로 착실하게 답한나

옆에 앉아 괜찮은 말을 찾아본다
어른들이 나빴다, 너는 잘못이 없어
이건 너무 선생 같다
친구들이 기다려, 나랑 들어갈래?
이건 진짜 선생 같다

아무 말도 못 하고

같이 울어주지도 못 하는 못난 선생이
가만히 등만 토닥인다

낭만축구

3학년 김경호

시커먼 폐타이어 가루가 가득한 운동장
학교를 새로 짓느라
작은 운동장을 공사장이 잘라먹었지만
그래도 상관없어
점심시간 끝나고 다 모이는 거야
기룡이는 골을 못 넣고
용재는 든든한 수비
육중한 몸을 끌고 다니는 다민이
기연이는 수비 잘하는 카일 워커
개인기로 다 뚫는 메시 닮이

최고의 순간은
용재를 제치고 내가 발리슛으로 골을 넣을 때
이 기분을 애들이랑 나누고 싶다

골을 못 넣을 때는 어떻게든 한 골이라도 넣고 싶다
점심 먹고 애들끼리 하는 축구는 낭만이다

스티커 사진

3학년 김태용

학교는 인생 네 컷 같다
장면이 차곡차곡 쌓여간다
'우리 추억 영원히!'
레트로 감성으로
스티커를 추가하는 즐거움

수업 시간에 자는 아이들 한 컷
점심시간의 축구 한 컷
욕부터 튀어 나간 싸움 한 컷
그 옆에 화해 한 컷

스티커 사진들은 불태워지거나 흐릿해지겠지만
그것도 좋다
인생 네 컷의 즐거움은
새로 찍는 것

시의 주제는 어렵다

3학년 이성원

나는 동생이랑 자주 싸운다
동생이 너무 시끄럽다
음악을 크게 틀고 춤을 춘다
야 시끄러워!
동생은 나를 무시한다
야 춤추지 마, 예주보다 못 추면서…
화난 동생은 파리채를 들고 쫓아 온다

동생은 방문을 파리채로 두드리면서
내가 나올 때까지 기다린다
나오면 욕을 하면서 달려든다
엄마! 보람이가 때리려고 해
엄마가 동생의 파리채를 뺏어서 나를 한 대 때린다
동생을 왜 놀려 한 번만 더 그러면 아빠한테 말한다

그래서 이 시의 주제가 뭐냐고
선생님이 물어보셨다
동생이 싫다는 거야?
네, 라고 대답했다

동생이 맞고 오면 어떻게 할 거냐고 또 물어보셨다
생각해 보니 동생을 때린 놈에게
똑같이 해줄 것 같다

엄마 눈

3학년 이정우

엄마 내 나이키 흰 양말 어딨어?
서랍 열어 봐
없는데
너 엄마가 가서 찾으면 어떻게 할래?
한 대 맞을게
엄마가 찾으면서 하는 말
일로 와
나는 오늘도 한 대 맞는다

엄마 내 교복 넥타이 어딨어?
거기 걸려 있잖아
없어
바로 앞에 있는 걸 못 봐?

엄마 눈은 나와 브랜드가 다르다
엄마는 그래서 나도 모르는 나의 장점을 보신다
흐뭇한 얼굴로, 잘 먹네
이런 것도 칭찬거리가 되는구나

가장 예뻐 보이는 때

승정연 선생님

영어 수업 시간이 되면
계단을 내려가며
너희들 얼굴을 떠올린다
노트북을 열고
정우야, 일어나자
이름을 불러 본다
정우야, 책 펴보자
책상을 똑똑 두드려 본다

모처럼 모든 눈이
나를 바라본다
번쩍 손을 든 정우의 눈에도
호기심이 가득해 보인다
가장 예뻐 보이는 때

응, 정우야 왜?
화장실 다녀와도 돼요?
예뻐 보인다는 말은 취소라고
속으로 생각한다

화장실에 다녀와
영어가 너무 귀찮고 싫다는 표정으로
자리에 털썩 앉는다

나의 눈꼬리도 사나워지는데
어느새 연필을 손에 쥐고
이건 어떻게 써요?
한 단어 한 단어 영어를 써 내려간다
지금은 정말로
가장 예뻐 보이는 때

다를 뿐

3학년 최수탐

항상 듣는 소리
느리다
더디다

학교에서 과제를 할 때
선생님께서 늘 하시는 말씀
잘하는데 너무 느려
좀만 빨리하자

그렇다
못해서가 아니다
완성의 시간이 다를 뿐

전자 남친은 안 되는 건가요?

3학년 송민

고단한 학교생활이 끝나갈 무렵
그때마다 꼭 떠오르는 그
기다란 분홍빛 머리카락
풍성한 속눈썹
입가에 흉터마저 매력적인 사람!
보고 싶다는 말을 읊고, 또 읊는다
드디어 종례 끝, 재빨리 휴대폰을 집어 드는 나
화면 속 보이는 그를 응시하며
오늘도 외친다
우리 애기 너무 잘생겼어!
한탄이 섞인 웃음을 뱉는 친구들
나는 또 외친다
전자 담배는 담배라고 하면서,
전자 남친은 왜 남친 취급 안 해주는데!

사춘기

3학년 김은진

나도 모르게 반항하게 되던 사춘기 시절
지속되는 반항 속 내 끝은···
그곳에서의 나의 삶은 후회로 가득
근데 후회해도 소용없어
이미 지난 일이야
지금부터 달라지면 돼
이 마음을 되새기며
오늘 하루 눈을 감는다
이곳에서

내 시험 점수

3학년 이창복

시험을 봤다
점수도 나왔다
엄청난 점수!
수학 20점, 세계적인 점수
역사 25점, 대단한 점수
도덕 29점
너무 감탄한 나머지
헛웃음이 나왔다 허허허허

내 전달법

김수미 선생님

지각하지 마
버릇될라
수업 시간에 졸지 마
기본은 알아야지
질문에 대답 좀 해
그래야 네 생각을 알지
밥 굶지 마
지금도 날씬하고 예뻐

이게 내 사랑이야

나

최풍호 선생님

참으로 오랜만에
시간의 흐름에 얽매이지 않는 하루를 산다
얼마간의 시간을 보냈는지
살펴보고 헤아리지 않아도 된다

국민학교에 입학한 날부터
정년을 축하합니다
라는 말을 들을 때까지
55년이란 시간을 학교라는 이름과 함께 살았다

누구도 요구하지 않았지만
꼭두새벽부터 준비하고
누구보다도 먼저 등교와 출근을 했었다

그…냥!

그래야
마음이 편했다

꽤 많은 나이를 먹고
MBTI 과정을 공부하고
숱한 심리학 관련 책을 읽고 나서야
겨우 나를 조금 들여다볼 수 있었다

나는
그래야 마음이 편한 사람이었다

처음 온 날

3학년 박소은

크리스마스이브
찬 바람이 불던 평범한 하루
펫숍 차가운 유리 케이지 속
따뜻한 온기를 품고 있던
널 보자마자
내 심장은 쿵쾅쿵쾅 뛰었다
갈색 털과 녹색 눈동자, 말랑말랑한 젤리
태어난 지 넉 달이 된 아기 고양이

널 우리 집으로 데려가는 길엔
온 세상을 다 가진 기분이었다

학교에서 돌아오면 현관에서 냐옹냐옹
낚싯대를 흔들면 잡으려 우다다다
밥 달라고 냐옹냐옹
똥도 잘 싸네
관심을 안 주면 아프게 물고
앉아 있으면 이마를 팔에 부비부비 질척거린다

황새가 보자기에 싸서 나를 물어다 주었을 때
우리 엄마 아빠도 이렇게 나를 사랑하셨을까?
똥도 잘 쌌다고 칭찬해 주셨을까?

물의 꿈

3학년 전예원

난 어렸을 때 할아버지와 자주 놀이터에서 놀았다
하지만 내가 기운이 세서 할아버지가 점점 감당을 못하셨다
그래서 학교에 입학할 때 엄마는 방과 후 수영을 시켰다
난 물이 너무 좋았다
물을 차고 나가면 인어공주가 된 것 같았다
코치님이 나에게 권했다
너 혹시 내일부터 선수반으로 나올래?
내가 수영을 하는 걸 보니 남달랐나 보다
엄마는 고민 끝에 날 선수반에 넣었다

3학년 때 첫 메달을 땄다 짜릿했다
하지만 점점 고강도 훈련에
눈이 오나 비가 오나 주말마다 산 타고
정말 산이란 산은 다 가본 것 같다
수영장에서 하루도 안 운 날이 없었다

시합 날, 마치 클럽의 스피커 같은 나의 심장 소리
내 옆 레인 사람이 들을 정도로 컸다
응원 소리와 뜨거운 시선

생각할 시간도 없이 겉옷을 벗고
준비! 소리가 들리면 레인에 올라간다
준비 차렷 삑―
난 온 힘을 다해 옆 레인보다 멀리 나가려고 하체에 힘을 준다
열 번에 잠영킥을 차고 수면 위에 올라와 팔과 다리를 미친 듯이
돌린다
20m에 숨 한 번, 37m에 숨 한 번, 43m에 숨 한 번,
마지막 숨 한 번을 더 쉬면 난 도착해 있다
일부러 천천히 전광판으로 고개를 돌린다

혹시나 기록이 안 나왔으면 어쩌나
결과는 빠꾸다
가슴 한쪽을 장침으로 쿡쿡 찌르는듯한
속상함과 좌절감, 아무도 모를 거다
예선 탈락, 결승을 못 간다
다시 옷을 챙기러 가는 길이 왜 이렇게 길까?
정말 쥐구멍 속으로 숨어버리고 싶다
전국 1등은 무슨 느낌일까
세상을 다 가진 느낌?
어딜 가나 알아주고 우쭐댈 수도 있고 입시도 수월할 텐데

어린 시절의 물은
나를 인어공주처럼 아름답고 우아하게 만들어주었다
지금 나는 선장 같다

레이스를 장악하고 주도해야 한다
이 레이스에 끝에서 고개를 들었을 때
나를 기다리고 있는 박수와 환호와 WR전광판을 꿈꾼다

가장 사랑하는 사람

3학년 박종민

할머니는 나를 아끼신다
옷이 없다고 하면 엄마한테
종민이 옷 좀 사 줘라
하고 바로 말씀하신다

할머니는 걱정이 참 많으신 편이다
잔소리는 하지 않으시지만
내가 연락이 안 되면
엄마한테 바로 전화해서
나한테 전화가 오게 한나

주위 사람들은 할머니가 참 착한 분이라고 한다
할머니는 화를 내지 않으신다
화를 내기 전에 이야기를 나누려고 하신다

우리 할머니의 표정 웃음 심정
생각하면 다 그려진다
내가 행복하기만 하면 다 좋다고 하시는
사랑해요 할머니

나의 학교

강웅래 선생님

오늘도 어김없이 새벽부터 눈이 떠진다
분주하게 움직이며 아침을 먹고 차에 몸을 싣는다
회양목 아래 붉은 봉숭아꽃과
보라색 나팔꽃 수백 송이가 담장인 학교
눈을 감고도 들어올 수 있을 것 같다
이렇게 출근할 수 있다는 것
설레는 마음으로 현관에 들어설 수 있다는 것
더 바랄 것이 없다

교무실은 벌써 열려 있다
부지런한 최풍호 선생님이 창문을 열어
아침 산바람을 들여놓았다
커피 냄새가 좋다
어느 날은 엄태숙 선생님이
어느 날은 이경희 선생님이
정성껏 커피를 내려놓고 동료들을 맞이한다

아이들이 버스에서 내릴 시간
학생부 이경희 선생님과 유종훈 선생님이 자리에서 일어나

아침 마중을 나가고
곧 왁자한 아이들의 음성이
학교를 생기 있게 채운다
감사하다, 고맙다
그 진부한 말이 진심으로 나오는 매일 매일
하루가 이틀이 되고 사흘이 나흘이 되어
어느새 마무리를 앞둔 시간

학교에서의 5분은 집도 한 채 지을 수 있는 시간
공문이 수없이 올라온다
1분을 아껴 쓰는 젊은 선생님들에게서
불같았던 청년 교사 시절의 나를 보기도 하면서
짬을 내어 학교 텃밭에 고추와 가지를 심고
학교에 잘 다니겠다는 1학년 난희의 각서에 사인도 해준다
저 선생님들이, 새 떼 같은 학생들이
내 남은 시간의 주인공이다

지역의 삶과 연결된 청소년의 서정

오철수 시인, 문학평론가

몇 번 청소년 시집을 읽고 평하는 글을 쓴 적이 있었는데 이번 작품집은 이전에 읽었던 것들과 크게 다릅니다. 우선 내용 면에서 학교 공부와 관련한 소재보다 지역 사정이 반영된 일과 삶의 소재가 많다는 점입니다. 학생들이 학교 공부에 갇힌 존재가 아니라 이미 지역 삶의 주체로 서 있구나, 하는 생각이 들었습니다. 매우 진일보한 삶의 서정입니다. 형식 면에서도 학생들과 선생님들이 함께 엮었다는 전이 독특합니다. 그래서 학생들의 작품만 실렸을 때와 달리 학생들을 보는 선생님의 마음도 느낄 수 있었고 그 하모니가 만든 학교 풍경도 상상할 수 있었습니다. 의미 깊은 시집 발간을 축하하며 시를 읽어보겠습니다.

있는 그대로 긍정하는 것이 출발점이다

비교당하는 것을 좋아할 사람은 없을 겁니다. 하지만 사회는 비교와 경쟁을 통해서 세상을 굴립니다. 그것이 이 사회의 기본

문법이고 그런 기준과 방식에 따라 말을 합니다. 그러니 생기 넘치나 힘없는 아이들은 답답합니다.

먼저 비교당하는 일에 아이들이 어떻게 반응하는지 보십시오.

"점심때 할머니가 밥상을 차려놓았다/ 나는 배가 안 고파서 가만히 있었다/ 할머니가 사촌 동생한테/ '어쩜 효정이보다 잘 먹을까?'/ 비교당한 것 같아서 기분이 나빴다/ 방에 가서 문을 세게 닫았다 (쾅)/ 침대에 가서 이불 덮고 울었다"(1학년 이효정 「사촌 동생이랑」에서)

이런 아이들이 두 눈 똑바로 뜨고 사회의 모순을 보고 있습니다.

"7시 30분, 보흥리 주사기 공장 사람들이 퇴근할 시간이다/ 공장 앞 농로 사거리에 차들이 꽉 찼다/ 버스 기사님이 비켜달라고 크락션을 울렸다/ 공장 사람들은 퇴근이 먼저였기에 절대 비켜주지 않았다/ 에이 시X./ 기사님은 욕을 하며 베스트 드라이버처럼 역주행으로 달렸다/ 나는 무서워서 손잡이를 꽉 잡고 있었다// 집에 도착하자마자 쭉 뻗었다/ 부모님께 다 일렀다/ 버스 기사님도 돈 벌고 시간에 맞춰서 가야 하고/ 주사기 공장 사람들도 똑같이 돈을 벌고 피곤하니/ 비켜주지 않은 거라 하셨다// 이해가 가는 거 같으면서/ 이해가 안 가는 어른들의 말, 어렵다"(1학년 백기룡 「어른들을 이해하기는 힘들다」에서) 이렇게 되면 결국 자신의 이익을 위해 무엇이든 할 수 있는 사람들이 되고, 매사를 다툼과 역주행 식으로 해결하게 됩니다. 그게 올바른 것인가요.

그래서 아이들은 공평함과 올바름[公正]을 바랍니다.

"저학년과 고학년의 대우가 다르지 않다/ 나이와 상관없이 그게 누구든 간에/ 다 공정하게 혼내신다/ 가끔씩 나이가 어리단 이유로/ 약하게 혼내는 사람이 있는데/ 체육 선생님은 그렇지 않다// 나도 체육 선생님 같은 사람이 되고 싶다/ 요즘 유행을 알아서 재밌고/실수하면 가볍게 넘기지 않고/ 엄하게 혼내는 사람/ 상황에 맞게 어쩔 땐 선하면서 재밌고/ 어쩔 땐 무서운 사람"(1학년 차민준 「그런 사람」에서)

한데 더 놀라운 것은 비교와 경쟁의 문법을 넘어서는 삶에 대한 이해를 아이들이 표현하고 있다는 점입니다. 청소년 시인은 차이와 다름을 차별로 만들지 말고 있는 그대로 보라고 말합니다.

항상 듣는 소리
느리다
더디다

학교에서 과제를 할 때
선생님께서 늘 하시는 말씀
잘하는데 너무 느려
좀만 빨리하자

그렇다

못해서가 아니다

완성의 시간이 다를 뿐

- 「다를 뿐」 전문, 3학년 최수탐

"완성의 시간이 다를 뿐"인데 비교하고 경쟁시켜 차별하는 것은 생명적 존재에 대한 무례입니다. 저만의 생명적 삶의 길과 리듬이 있으며 즐거움이 있는데 그것을 봐주지 않는 것은 전제부터 옳지 않습니다. 또 그와 같은 다름을 비교하여 나누고 차별하는 것은 잘못된 것입니다. 그렇기에 공정은 기회를 똑같이 주는 것(물론 이것조차도 잘 이루어지지 않기는 하지만)을 넘어서 서로가 다름을 존중하고 귀하게 생각할 줄 아는 마음일 때 비로소 생명적 풍요로움을 갖는 공정함이 되는 것입니다.

그래서 선생님이 다음과 같은 생각을 한 것은 값집니다.

"엄마는 나를 힐끔 보며 말한다/ 너는 얼큰한 걸 좋아하는데 애들은 못 먹잖아// 딸한테 맞추면 손주들이 걸리고/ 손주한테 맞추면 딸이 걸리니/매번 이렇게 두 개씩 반찬을 하는 거다"(노영란 선생님 「엄마」에서)

이런 마음일 때, 다름을 있는 그대로 보는 것부터 시작할 수 있습니다.

아이들은 그 마을, 그 지역의 주인이다

아이들이 그 마을, 그 지역의 삶에서 주인이라는 것은 당연한 말입니다. 그런데 이 말이 새삼스럽게 된 까닭은 그간 도시 중심의 학생 문집이 대부분 학교 공부와 그에 묶인 부모나 교우 관계와 관련한 소재를 다루었기 때문입니다. 청소년기 아이들의 삶이 기이할 정도로 학교 공부로 축소된 것이고 그를 당연한 것으로 받아들였던 것입니다. 따라서 학교와 선생님의 역할과 관심도 축소될 수밖에 없었습니다.

하지만 우성중학교 학생은 우선 마을의 터줏대감입니다. 동네에 무엇이 있고 누가 살고 있으며 어떤 일이 일어났는지 또 사람에 대한 평이 어떤지 내부분 압니다. 도시와는 다른 환경인 듯합니다. "설날이라 그런가?/ 산성시장 안에 사람이 붐빈다/ …엄마가 떡국떡을 받으러 가시며/ 먹고 싶은 떡을 골라 놓으라고 하셨다/ 무지개를 담은 떡/ 우리 아빠의 배처럼 볼록한 바람떡/ 폭신한 구름 위에 깨가 얹힌 방울기주/ 콩백설기, 두텁단자, 쑥찹살떡/ …저 아이도 나중에 떡집을 다시 찾을까?/ 그때까지 떡집이/ 여기 그대로 있었으면 좋겠다"(1학년 송민주 「소문난 떡집」에서) 설 준비를 위해 엄마와 함께 시장통 떡집엘 가고, 종류별 떡 이름을 이처럼 알 정도면 이미 생활의 주체입니다. 그렇기에 지역 인구수가 줄어서 시장도 줄어들고, 소문난 떡집도 오래가지 않을 것이라는 걸 어렴풋이 압니다. 어른들에게서 떡집에 대한 이야기도 들어서 알 겁니다. 그래서 "그때까지 떡집이/ 여기 그대로 있었으면 좋겠다"는 바람을 말할 수 있는 것입니다. 이미 아이는 마을과 지역의 주인으로서 생각하는 것입니다.

또 아이들은 마을 안을 조밀하게 채우고, 잇는 역할도 합니다. "우리 아파트에는 이상한 아이가 있다/ 학원이 끝나고 집에 가는 길에/ 그 아이는 휙! 하고 나를 놀래키고 도망갔다/ …그리고 빠르게 가서 휙! 하고 아이를 놀래켰다/ 아이는 놀라 뒤로 자빠졌다/ 쌤통이라 생각하고 도망쳤다/ 그 아이의 달리기 속도는 상상 이상이었다/ 나는 결국 잡히고 말았다/ 그 아이와 나는 살며시 눈을 마주 봤다/ 그러나 막상 할 말이 없어서 아무 말도 못 했다/ 피식 헛웃음만 나왔다/ 그 후 우리는 만나면 서로 놀래키려고 쟁탈전을 벌인다/ 그뿐이다 우리는 그런 사이다"(1학년 이정우 「아이와 나」에서) 아이들은 '놀래키는' 놀이를 하며 비어 있는 마을의 시간과 공간을 채웁니다. 이런 가운데 자연스럽게 지역 사회와 긴밀하게 연결되어 주체로서의 서정을 갖게 됩니다. 어쩌면 자신의 미래도 그 안에서 찾고 있을지 모르겠습니다.

다음 시를 읽겠습니다.

> 정산에서 미니버스를 탔다
> 버스에는 할머니 한 분만 타고 계셨다

기사님이 말했다
너는 천장호 출렁다리에 빠지면 어떡할 거니?
그냥 죽어야죠
아저씨는 수영해서 나오라고 말했다

천장리에서 아줌마가 타셨다
마치리에서 아저씨가 말했다
청양 읍내에는 왜 가니? 공주에서 놀지 왜 청양까지 가서
노니?
장곡사에 갈 거예요
나는 일요일마다 혼자 관광지를 둘러본다
상곡사는 청양의 관광지니까 가는 거다

읍내에 들어올 때쯤
너 고양이 고기 먹어봤니?
아저씨가 또 물어보셨다
안 먹어봤다고 말했다
너 편식하니?
한다고 대답했지만
아저씨는 운전만 계속했다

아줌마가 읍내에서 내리자 또 말씀하셨다
정산중학교 선생님인데 왜 인사를 안 하니?
아까 어디 다니냐고 물어보셨을 때
우성중 학생이라고 대답했는데
아저씨는 시골을 다니면서 많이 심심하신 것 같다

버스에 사람이 많이 타야 할 텐데
청양 인구 감소 때문에 쉽지는 않을 것이다
- 「엉뚱한 청양 버스 기사」 전문, 1학년 임성환

　일요일인데 버스 안이 적막합니다. 중학교 1학년 눈이 "청양 인구 감소" 현상까지 봅니다. 아니, 그 안에 자기의 현재와 어쩌면 미래까지 있음을 압니다. 이런 아이에게 산업화 시대부터 이 사회가 가르쳐준 것은 공부 열심히 해서 뛰쳐나가라는 말뿐이었습니다. 어쩌면 운전하는 기사님도 그 말만 듣고 살아왔기에 달리 할 말이 없었을지도 모릅니다. 그래선지 조금은 실없는 듯한 짧은 문답이 이어집니다. 왠지 말의 존재가 위안이 되는 적막입니다. 그래서 "아저씨는 시골을 다니면서 많이 심심하신 것 같다"라는 아이의 말은 지역 사회와 삶의 주체로서 하는 공감이고 이해입니다. 그는 또래의 도시아이들과는 다른 길을 걷고 다른 생각을 합니다. "나는 일요일마다 혼자 관광지를 둘러본다/ 장곡사는 청양의 관광지니까" 갑니다. 사회가 조장하는 길과는 다른 길에서 자기 삶의 터전을 보고 느끼고 생각하는 것입니다. 그래서 기사님과의 첫 문답, "기사님이 말했다/ 너는 천장호 출렁다리에 빠지면 어떡할 거니?/ 그냥 죽어야죠/ 아저씨는 수영해서 나오라고 말했다"가 평범한 문답이면서도 의미심장합니다. 고려시대 보조국사 지눌은 '땅으로 하여 넘어진 자, 땅을 딛고 일어선다'라고 했습니다. 넘어졌을 때 하늘에서 구원의 동아줄 같은 것이 내려오길 기대하지 말고 넘어뜨린 것을 딛고 일어나라는 말입니다. 물에 빠지면 그 물을 헤엄쳐 나오는 것이 물의 주인이 될 수 있는 유일한 방법입니다. 그럴 때 그 삶의 주인이 탄생하는 것입니다. 마을과 지역을 지키는!

일을 통해 삶의 중심과 '곁'이 자란다

일은 그 자체로 삶과 관계 맺기입니다. 그렇기에 일을 하면 나이 불문하고 삶의 중심이 잡히고, 그에 따른 관계를 맺을 수 있는 '곁'이 생겨납니다. 왜냐하면 삶 속에서 관계적 책임의 주체가 되기 때문입니다. 일에 대해, 함께 일하는 사람의 관계에 대해, 그것이 이루는 삶에 대해 생각할 줄 아는 사람이 되는 것입니다. 이번 시집에서 눈에 띈 것 중의 하나가 도시의 아이들과 달리 집안일을 거들며 빨리 삶의 주체가 되는 아이들이었습니다. 이는 좋고 나쁨으로 말할 수 없는, 존재의 조건으로서 삶에 대한 배움과 이해입니다. 앙리 까르띠에 브레송이라는 사진작가가 있습니다. 전쟁으로 어려운 시절에 아이가 무슨 일인가를 하여 포도주를 사 들고 뿌듯한 표정으로 집에 가는 장면을 찍은 사진이 있는데, 아! 저런 게 삶 속에서 제 몫을 가지고 커가는 아이의 모습이구나, 하는 것을 느끼게 해줍니다.

시집 속의 아이들도 정말 그렇다는 듯 담담하게 일과 삶을 받아들입니다.

학교 끝나고 집에 오면 교복을 벗어놓고
일하는 복장으로 갈아입는다
형은 사료를 주러 다리 건너 축사로 가고
나는 소먹이를 주러 간다
리어카를 끌고 축사에 가면
마시멜로처럼 하얀 비닐로 감싸인 볏짚이 있다
비닐을 자르고
롤케익처럼 돌돌 말린 볏짚을
세 발 쇠스랑으로 한 층씩 뜯어
리어카에 담는다

되새김질하라고
칸마다 볏짚을 넣어주고
혼자 축구를 한다

공을 차고 다시 갖고 오고 또 차고
그동안 소들이 목사리가 잠기면
볏짚을 오물오물 씹어먹는다

　　　　　　　　　- 「저녁」 전문, 1학년 김덕재

　"소들이 목사리가 잠기면/ 볏짚을 오물오물 씹어먹는" 것을 느
끼는 미의식을 가진 아이와 갖지 못한 아이는 다를 수밖에 없습니
다. 왜냐하면 그런 미의식은 그냥 생긴 것이 아니라 "학교 끝나고
집에 오면 교복을 벗어놓고/ 일하는 복장으로 갈아입는다/ …리
어카를 끌고 축사에 가면/ 마시멜로처럼 하얀 비닐로 감싸인 볏
짚이 있다/ 비닐을 자르고/ 롤케익처럼 돌돌 말린 볏짚을/ 세 발
쇠스랑으로 한 층씩 뜯어/ 리어카에 담는다// 되새김질하라고/
칸마다 볏짚을 넣어주고" 한숨 돌렸을 때, 그리하여 저 생명이 안
전하다고 느꼈을 때만 생겨나는 것이기 때문입니다. 물론 이제까
지 사회적으로 성공 신화를 쓴 사람들은 소먹이를 주는 일을 부정
하는 삶을 살았을 것입니다. 하지만 그게 성공인지는 다시 생각
해 봐야 합니다. 이 아이는 이미 일로 삶과 관계를 맺고, 일을 통

해 삶의 중심을 잡고, 그에 따른 맡은 바 책임을 질 줄 아는 주체
가 된 것입니다. 그런 주체만이 가질 수 있는 생명적 미의식도 자
연스럽게 체득한 풍요로운 아이입니다.

　일을 통해 갖게 된 미의식이 느껴지는 장면을 하나 더 보겠습
니다.

　"오늘은 커피콩을 고르는 날/ …상태가 좋지 않은 콩이 많으면
실격이다/ 안 볶은 콩은 먼지도 많고 냄새도 시큰하지만/ 오늘은
그렇게 좋을 수가 없다/ 콩 고르고 손님 받고 콩 고르고 쉬었다 콩
고르고/ 아침부터 밤까지 그러다 보면/ 창가에는 달이 떠서 콩을 비
추고 있다"(2학년 박하민 「달빛이 내린다」에서) 그 커피콩에 비친
달빛을 알고 있는 아이와 모르는 아이도 다를 수밖에 없겠지요.

　이처럼 미의식이란 거저 생기는 것이 아닙니다. 일을 통해 생
겨서 삶의 이치를 꿰는 서정으로 자리하는 것입니다.

　　오늘도 평소와 똑같이
　　집에 가서 손과 발을 씻고 부엌에 간다
　　쌀, 잡곡을 넣고 손등까지 밥물을 맞춘다
　　누나들이 학교에서 집으로 온다
　　누나들이 씻고 반찬과 국을 하러 들어간다
　　된장국과 김치찌개와 콩나물을 무치다 보면 엄마와 아빠
　가 온다

누나들이랑 나랑 상을 차려서 함께 밥을 먹는다
만약 누나들이 나가서 자취하게 되면
내가 국과 반찬을 하게 되겠지
상에 밥을 차려 먹는 우리 가족은 소중하다

- 「하루를 돌아보는 시」 전문, 1학년 이윤호

　청소년 시인은 "하루를 돌아보는 시"라고 했지만, 사실은 인류 역사를 돌아보게 하는 서정입니다. 왜냐하면 이처럼 단순화된 하루의 저녁을 인류는 반복하며 이어왔고 지금도 같은 모습으로 살아가기 때문입니다. 그래서 만약 "오늘도 평소와 똑같이" 이를 반복할 수 없다면 큰일이 난 것입니다. 하루 일을 마치고 평소처럼 저녁 밥상을 준비할 수 없다면 삶과 관계 맺는 어떤 부분이, 부난한 이어짐이 끊긴 것입니다. 그래서 청소년 시인은 "상에 밥을 차려 먹는 우리 가족은 소중하다"고 합니다. 여기서 '가족'을 각자의 일로 삶에 참여하여 삶의 중심을 함께 세우고 곁을 만들어 소중한 관계를 잇는 모든 사람으로 생각한다면, 이 풍경이야말로 인류에게 가장 아름다운 저녁 풍경일 수 있습니다.
　청소년기 아이들이 일을 통해서 저절로 아름다운 관계를 익히고 미의식을 선취先取할 수 있다는 것은 축복입니다. 그들은 삶을 감수하고 이해하는 능력도 남다릅니다. 저는 다음 시를 읽으며 어떻게 중학교 3학년 아이의 눈에 이런 아름다운 풍경이 들어왔을까 놀랐습니다. 감상 없이 읽기만 하겠습니다.

우리 집은 상서리 정류장에서 5분 거리지만
학원이 끝나고 버스에서 내리면
가로등 하나 없는 시골길이다
신관동 전막에서 900번을 놓치고 207번을 탔는데
비가 눈치 없이 쏟아진다
혼자 어떻게 걸어가지?

그 순간 버스 기사 아저씨께서 학생! 하고 부르신다
놀라서 쳐다보니 우리 집 앞에서 문을 열어주신다
정거장은 조금 더 가야 하는데

비 오잖아 빨리 내려
900번 버스에서 내려 집에 가는 나를 보신 것 같다
아무 표정 없이 하신 그 말씀 한마디
어른의 친절이란 이런 건가 보다
                              - 「어른의 마음」 전문, 3학년 윤단영

아이들과 함께하는 선생님들, 잊지 않겠습니다

선생님들의 작품까지 실린 시집은 처음이라 시집 해설 형식 속에서 어떻게 말해야 할지 잘 모르겠습니다. 선생님들도 대부분 처음 시를 써보시는 것일 텐데 공통적으로 드러나는 것이 학교생활의 한 주체로서 학생들과 함께하려는 마음과 아이들을 배우고자 하고 사랑하는 태도입니다. 그를 위해 먼저 나를 열고 있는 그대로의 아이들을 받아들입니다.

"좋은 아침!/ 안녕하세요"(이경희 선생님 「아침 마중」에서)

"항상 밝았으면 좋겠다/ 나를 찾아주는 아이들이/ 아파도 툭 털고 일어났으면 좋겠고/ 울고 나서 씩 웃으며/ 이젠 괜찮아요, 했으면 좋겠다/ …살이 안 빠져요/키가 안 커요/ 혈압이 너무 높아요/ 다리 아퍼요/ 목말라요/ 배고파요/ 졸려요/ …의자에 옹기종기 끼어 앉아/ 자기들을 봐 달라고 재잘대는/ 참새들의 방앗간/ …눈만 마주쳐도 웃음이 배시시 나오는…/ 내가 숨 쉬고 기쁨을 누리는 곳이/ 바로 여기구나 싶을 것이다// 난 참 잘했다/ 보건샘이 되기를"(최연희 선생님 「난 참 잘했다」에서)

이렇게 받아들인 가운데 나눔의 관계, 관계의 나눔을 생각합니다.

"옆에 앉아 괜찮은 말을 찾아본다/ 어른들이 나빴다, 너는 잘못이 없어/이건 너무 선생 같다/ 친구들이 기다려, 나랑 들어갈래?/

이건 진짜 선생 같다// 아무 말도 못 하고/ 같이 울어주지도 못 하는 못난 선생이/ 가만히 등만 토닥인다"(엄태숙 선생님 「선생의 말」에서)

이런 관계 나눔에서 아이들이 원칙을 가질 수 있도록 돕고 응원합니다.

"사소한 일을 정성껏/…서두르지 말고 천천히/…그런 어느 날 우린/ 햇볕을 품고 바람에 나부끼는 시간을 알게 되겠지/ 젖은 마음일 때도 천천히 주름을 펴는 법을 알게 되겠지/ 나를 함부로 동댕이치지 않고 살게 되겠지"(최은숙 선생님 「거룩한 일상」에서)

"역시 나에겐 평범함이 주는 편안함이 맞지// 그래도 가끔은 나만의 꿈을 꾼다/ 무엇이든 고민 없이 일을 해내는 추진력을/ 남의 눈치 보지 않고 앞으로 나아가는 당당함을/ 평범함을 고민하지 않는 유쾌한 나를"(박성미 선생님 「평범한 사람」에서)

"학교에 오기 힘들어하는 너를 이해한다/ 네 겉모습만 보지 않아야 한다는 걸 안다/ 너에게도 공정한 기회가 주어져야 한다고 생각한다// 목적지가 있는 방황은 언젠가는 아름답게 끝날 것이다/ 그러니 가야 할 곳이 있다는 것을 잊지 말기를/ 또래와 발걸음을 맞춰 평범한 속도로 걷는 지금이 아름답고/ 소중하다는 것을 꼭 기억하기를"(김대석 선생님 「길」에서)

이것이 선생님의 마음입니다.

그러니 우성의 아이들아, 너희들도 이럴 수 있을 거야.

"55년이란 시간을 학교라는 이름과 함께 살았다// 누구도 요구하지 않았지만/ 꼭두새벽부터 준비하고/ 누구보다도 먼저 등교와 출근을 했었다// 그…냥!// 그래야/ 마음이 편했다"(최풍호 선생님「나」에서)

이런 선생님의 마음이 어떻게 만들어졌는지 들여다볼 수 있는 시를 한 편 읽겠습니다.

학교 부임 첫날
진로 교실 문이 열린다
쪼끄맣고 동글동글 귀여운 남학생이 들어온다
선생님!
얼음 먹어도 돼요?
응?
냉장고에 있는 얼음이요.
아, 그래…
선생님!
사탕 먹어도 돼요?
응?
냉동실에 있는 커피사탕이요
아, 그래… 먹어
몇 개 먹어요?

어? 세 개
얼음 하나 입에 물고 사탕 세 개 집어 들고 나간다

둘째 날
선생님! 얼음 먹어도 돼요?
어, 먹어
선생님! 사탕 몇 개 먹어요?
세 개
선생님! 전에 계시던 진로 선생님 불러주시면 안 돼요?
응?
그 선생님이랑 은근히 정이 들었거든요
아, 그래. 하지만 선생님을 불러줄 수가 없구나
아, 네…
얼음 하나 입에 물고 사탕 세 개를 집어든다

셋째 날도 문이 열리고
선생님!
어, 얼음 많이 먹고, 사탕은 네 개 먹어
얼음 한 컵, 사탕 네 개 집어 들고 교실 문을 나간다
오늘은
점심 급식에 나온 와플이랑 오렌지주스를 냉장고에 넣어

놓고

영훈이를 기다린다

이렇게 전 선생님이랑도 정이 든 거구나

냉동실 커피사탕이 줄어드는 만큼

나도 어느새 너에게 스며들었네

- 「영훈이」 전문, 조은률 선생님

　첫 출근날이었으니 당황스러웠을 것입니다. 하지만 자기의 생각과 판단을 유보하고 아이를 있는 그대로 봅니다. 그런데 있는 그대로 보면 아이가 보여준 행동은 상례는 아니지만 무례한 것도 아닙니다. 어쩌면 그 진로 교실의 주인은 영훈이일지도 모른다는 생각이 들었을 것입니다. 그래서 마음을 열고 영훈이가 그럴 수 있도록 해줍니다. 영훈이와 학교, 진로 교실, 그리고 담당 선생님과의 관계를 유지하면서 그 관계의 리듬을 배우면서 나누는 것입니다. 넷째 날은 선생님이 먼저 "점심 급식에 나온 와플이랑 오렌지주스를 냉장고에 넣어놓고/ 영훈이를" 기다립니다. 이렇게 있는 그대로의 아이와 관계 나눔을 통해 함께 학교 삶을 만드는 것입니다.

　그래서 생각합니다. 와-, 아이들에게 이렇게 행복한 학교도 있구나!

　그래서 선생님들과 전교생이 함께 시집을 낼 생각을 할 수 있었구나!

시 쓰기를 지도하신 선생님과 시의 축제를 함께 이뤄주신 교장 선생님, 교감 선생님, 모든 선생님께 감사 인사드립니다. 그리고 우성의 학생 여러분들, 함께 한 친구들과 선생님들을 시집 『난 참 잘했다』와 함께 오래 간직해 주길 바랍니다.